깊은 산속 돌샘

깊은 산속 돌샘

이재영 첫 시집

문학시티

생명과 희망을 주는 돌샘으로

나의 내면을 다스릴 수 있는 이름이 무엇일까? 마음은 양심 외에 아무도 감시하고 경계해 줄 수 없기에 스스로 편하고 유익한 쪽으로 흐른다. 그러므로 때로는 온갖 사악한 마음으로 가득 차서 나 자신도 깜짝 놀란다.

아름다운 여인을 보면 소유하고 싶고, 재물을 보면 탐이 나고, 귀한 물건을 보면 어떤 수단을 써서라도 꼭 가지고 싶다. 남이 잘되는 것을 보면 응당 축하해 주어야 할 일이지만, 때로는 가슴이 쓰리기도 하다. 사람의 속마음을 그대로 털어놓는다면 이 세상은 어떻게 될까? 너무도 부끄러운 일과, 무법, 비도덕적인 세상이 될 것 같아 스스로 치가 떨리며 무색하고 무섭다.

양심이 있기는 하나 양심만으로는 부족하다. 수시로 일어나는 사리사욕과 사악한 마음을 바로잡을 수 있는 절대자를 가슴속에 담아두고 싶다. 요사스러운 마음이 일어날 때마다 즉시 눌러 싹부터 싹둑 잘라 줄 마음속의 절대자를 생각한 것이 바로 '깊은 산속 돌샘(石泉)'이다.

수많은 대상 중에 나의 첫 시집을 깊은 산속 돌샘으로 정한 데는 사연이 있다. 산행을 좋아하여 산에 갈 때마다 심산유곡 정한 바위틈에서 퐁퐁 솟아 넘치는 돌샘을 자주

본다. 물은 맑아 언제나 새롭고, 군자의 마음처럼 거울 속을 보는 듯 투명하여 내 마음을 늘 정화한다. 목이 탈 때는 생명수요, 오욕칠정(五慾七情)에 사로잡힐 때는 속세의 번뇌가 일시에 그 물에 녹아버린다. 그래서 돌샘은 나의 이상(理想)이요, 마음을 맑혀 주는 거울이다.

내겐 돌샘을 잊을 수 없는 일이 있다. 현직에 있을 때 설악산 등반을 갔다. 친구 셋이 오색 온천에서 하룻밤 자고 새벽 다섯 시에 출발하여 대청봉을 거쳐 험준한 바윗길을 통과하여 봉정암에 이르렀을 때다. 불볕이 찌는 듯한 8월 중순 오후 2시경, 갖고 간 물도 바닥이 나고 기진맥진하여 쓰러지기 직전 목이 바싹바싹 탔다. 그때 봉정암에 도착했다.

입구에 들어서자 청정(淸淨)한 냉풍을 토하더니 깊숙한 바위틈 돌샘에서 맑은 샘물이 퐁퐁 솟아 넘쳤다. 하얀 조롱박 표주박 10여 개가 샘가에 가지런히 놓여 우리를 반가이 맞는다. 돌샘에서 넘치는 물 한 표주박을 퍼서 단숨에 들이켰다. 오장육부가 꽁꽁 어는 듯 서늘해지더니, 가물거리던 호롱불에 기름을 넣은 듯 생명의 불꽃이 힘차게 타올랐다.

그 샘물 한 쪽박은 생명수요 구도자였다. 그때부터 내 인생에 큰 변화가 왔다. 이 샘물처럼 목마른 자에겐 목을 축여주고, 욕심에 싸여 번거로울 때는 그 욕심을 녹여 정화해주며, 생명과 희망을 주는 돌샘으로 살고자 결심했다. 이것이 나의 첫 시집을 깊은 산속 돌샘으로 확정한 가장 큰 계기다.

그 후부터 돌샘은 내 마음을 항상 맑게 정화하여 기쁨을 주었다. 어느 날 지기지우(知己之友)로부터 메일이 왔다. 그분의 시집은 표제는 "돌샘 가에 핀 돌난"이었다. 이심전심(以心傳心)일까? 그분도 맑고 깨끗함을 좋아하더니, 나의 돌샘처럼 어지간히 고민하고 지은 이름인 것 같다. '돌난'의 뜻도 나의 '돌샘' 뜻과 같으리라.

깊은 산속 청정(淸淨)한 바위틈이나 깨끗한 물이 아니면 죽는다는 난이 돌샘 가에 피었으니, 더 맑고 향기 그윽한, 이상적인 돌 샘물이 되리라. 칠 년 대한에 단비를 만난 듯 생기가 일고, 용기가 불끈 솟는다. 나만의 돌샘이 아니요, 만인의 돌샘으로, 생명수요, 안식처로 거듭나리라. 남명 조식 선생은 나쁜 소리를 들으면 귀를 씻어서 검어지려는 마음을 씻었다 한다. 나는 돌샘 물을 생각하며 내 마음속에 일어나는 티끌을 씻어서 사람들 마음속에 맑은 돌 샘물이 되리라.

　나의 시 단 한 편이라도 독자들에게 돌 샘물이 되기를 바란다. 시가 무엇인지도 몰랐던 저에게 책을 내기까지 지도해 주신 이진홍 교수님과 물빛 동료님들과, 책이 나오기까지 수고해 주신 출판사 여러분께도 충심으로 감사드립니다.

2020년 10월 국추(菊秋)에
이재영

차례

시인의 말 4

작품 해설 | 민용태(스페인왕립한림원 위원 · 고려대 명예교수) 200

제1부 계절의 향기

봄의 전령사傳令使   17

단장斷腸의 보슬비   18

봄밤   20

연두색 편지   21

마음속에 유리창   22

메밀꽃 향기 속에   23

죽음에서 미소로   24

설악산 천불동   25

일산 호수공원   26

태풍의 얼굴   27

외로움   28

난蘭   29

눈 오는 날   30

눈꽃 속에 요정妖精   31

푸른 생명 한 가지   32

삶은 엇박자   34

산모롱이 저편에   36

미명未明   37

적상赤裳 산   38

제2부 사랑은 기쁨과 아픔

- A 사랑의 기쁨과 희망

어느 봄날	41
환상의 소녀	42
그 집 앞 지나가면	44
나의 용광로	46
내 마음 한 곳에	48
당신	49
그리움은 제자리	50
나의 별	51
행운의 날은 언제	52
나의 별 2	53
애련哀戀	54
애모愛慕	55
행운이 온 날 1	56
행운이 온 날 2	58
행운이 온 날 3	60
은빛 양산	61
가을 향기 속에서	62
돌아오지 않는 애인	63
그대 새가 되어	64

단장斷腸의 이별 66

달 68

갈망渴望 70

해변의 밤 71

오월 밤 72

뒷북 친 사랑 73

갈구渴求 74

마음으로 75

고향 마을 경사 76

장흥에서 78

백합꽃 당신 80

꿈엔들 잊으리 81

아름다운 만남 82

딸 생각 83

- B 사랑의 슬픔과 아픔

돌아오지 않는 소년 84

모성애母性愛 86

촛불 88

촛불의 최후 89

별이 지다 90

그 사람 91

동서의 운명殞命 92

불꽃 사랑 94

석별惜別 96

제3부 산 따라 물 따라

초반이호 변장   101
사자평에서   102
야생화 다원에서   103
내 인생에 온 봄   104
겨울 꽃동산에서   106
채석강에서   107
도성암 깊은 골에   108
지금은 산   110
강   111
구만산 계곡에서   112
탄천에서   114
주전골   115
산정山頂에 있는 호수   116
호반湖畔에 누워   117
한라산의 신비   118
신천   120
홍류동 계곡   122
낙동강   123
봉정암의 샘물   124
감노주減老酒   125
조령鳥嶺 옛길에서   126
정자나무 아래서   128
화왕산에서   130
구절초   132

제4부 반성과 깨달음

신년 새 아침 135

어머니의 눈물 136

당신은 나의 슬픔 137

둥지를 나서면서 138

길 잃고 헤매다가 찾은 길 140

어머니와 아버지 142

나의 집 신발장 143

당신의 뒷모습 144

맛있게 먹자 146

승일교 148

한 줌 낙엽 되어 149

가면을 벗기다 150

가을 산에 올라 152

이슬 153

기다림 154

묵默 155

깊은 산속 돌샘 156

제5부 산 따라 절 따라

토함산 대불 1   159

토함산 대불 2   160

거목 단지에서   161

산은 마음의 고향   162

북한산 승가사 1   164

북한산 승가사 2   166

화왕산의 고가古家   167

억새꽃 길   168

기기암   169

무진정無盡亭   170

풍경소리   171

봉정암   172

팔공산 관봉 대불   173

장독   174

마애삼존불   175

어느 암자에 서서   176

제6부 바다와 자연 속에서

바다에 취하여　　　　　179

마라도　　　　　　　　180

오동도 동백길　　　　　181

생명의 존엄성　　　　　182

밤바다에서　　　　　　184

고독孤獨　　　　　　　186

겨울나무　　　　　　　187

주목 분재 앞에서　　　　188

대국大菊　　　　　　　190

고사목에 핀 꽃　　　　　192

나의 분신分身　　　　　194

그대 앞에서　　　　　　196

애상哀想　　　　　　　197

제1부 계절의 향기

양달 솔잎 물올라 생기 도니

거우내 꽁꽁 얼었던 내 가슴

사르르 녹아 봄이 흐른다

봄의 전령사傳令使

먼 산 계곡은 층층이 유리 벽
꽃샘 추위에 눈바람이 통곡하건만
범어동산 바위틈에 매화 한 그루
가지마다 꽃눈 부풀어 꽃망울 터질 듯

개나리 목련 진달래는 깊은 꿈속
미동도 않건만, 너는 홀로
잠 깬 새봄의 전령사

묵은 풀잎 속 찔레 가시덤불
병아리 부리가 쏙 나오고
양달 솔잎 물올라 생기 도니
겨우내 꽁꽁 얼었던 내 가슴
사르르 녹아 봄이 흐른다

단장斷腸의 보슬비

봄비 보슬보슬 내리는 산길 간다
촉촉이 젖은 땅 깨끗한 오솔길
연초록 생기 속에 발자국만 따라온다

고요한 가슴에 어둠처럼 밀려오는
그리움, 아득히 먼먼 젊은 날
가슴속에 숨은 별
하얀 백합 한 송이로 살며시 떠오른다

그리움이 오네 파도처럼 밀려오네
아득히 먼 먼 젊은 날의 그리움이
보슬비 오는 듯 촉촉이 젖어 드네

마음이 설레네, 가슴이 탄다
세월 흘러 강산이 수없이 변했건만
이렇게도 사무치게 그리운 사람
단 한 번 만나 말해 본 사람

그리워 살뜰히 못 잊는데, 어쩌면
생각이 떠나나요 한 번 가신

그임은 소식조차 감감
가는 길 걸음걸음 보슬비만 보슬보슬

봄밤

여린 듯 서럽고
눈뜨면 날아갈 듯
고운 꿈길

그대 꽃구름 타고
살포시 건너와서
그리움으로 피어난다

임 만나러 가는 길
벚꽃잎 꽃비 되어
흩날리던 날

불면 날아갈 듯
아쉬운 봄밤이, 솔솔 내리는
꽃잎처럼 소리 없이 지고 있네

연두색 편지

연두색 잎사귀에 민들레꽃 한 송이 꺾어
노란 글씨로 쓴 편지에 오월 향기 같은
사연 담아, 당신에게 띄웁니다

오월 야산에서도 쉽게 보는 박새 한 마리
가냘픈 울음에도 두근거리는 가슴에
잔잔한 물결처럼 일어나는 그리움을 담았습니다

강산이 변했어도 소식 없는 임이기에
답장이 올 리도 없건만, 행여나 하는 마음
오월이 오면, 소녀이던 당신도 그때를
잊지 못해 거기로 올 것 같은 마음

비바람에도 퇴색되지 않고, 영원히 잊히지 않을
그때의 사연과 당신과의 깊은 우정을
연두색 편지로 엮어 그곳을 향해 부는
훈풍에 띄우곤, 기다립니다. 당신을……,

마음속에 유리창

내 마음속에 품은 창 하나, 가슴이 답답할 때 열면,
푸른 하늘과 상큼한 계절의 향기와 연둣빛 신록 빛깔
힘차게 빨려오고, 포도알같이 영롱한 꿈과 희망이
영혼 속으로 박힌다

한 마리 초록빛 산새가 되어 산 넘고 강 건너
초원 위로 공중 묘기를 연출하며 하늘 날면
막혔던 가슴 열리고, 캄캄하던 앞길에 등불 커면서
하얀 구름 한 조각 함께 유랑하는 방랑자여라

하늘 끝까지 날고 싶은 마음, 폭풍처럼 솟는 힘으로
창공 높이높이 치닫고 싶은 꿈의 욕망이
용광로 속 불꽃처럼 타오른다

영롱하게 무르익는 생명 같은 계절의 샘물이여
난향같이 그윽한 향기여, 연초록 속에 일어나는
생명의 불꽃이여, 내 영혼은 너를 마시며 살쪄간다
희망에 불타는 계절, 오월아…

메밀꽃 향기 속에

첩첩 산, 굽이굽이 돌아 이른 곳 봉평
아득한 평원 가득 메밀꽃 향기…
그 옛날 읽었던 소설, 메밀꽃 필 무렵
환상의 나래 펼쳐 꽃 속으로 걷는다

봉평 장날 당나귀, 장돌뱅이
흔적도 없지만, 사고팔아 먹고사는 장꾼들
떠들썩한 풍경에 옛일을 회상한다

물레방앗간엔 그날 밤 그 처녀와
장돌뱅이 노총각 자취도 없지만
그날의 정취 남은 빈집엔 물레방아
그날 밤 낭만을 싣고 세월 잣는다

내년 가을 때맞추어 달 밝은 보름밤
고운 임 함께 와서 메밀 전, 묵 차려서
기장 쌀 옥수수 동동주에 흠뻑 취해
옛 정취 속에 하룻밤 쉬어가고 싶구나

죽음에서 미소로

나무들이 중환자로 눈 감고
죽어가고, 논밭 곡식이 불볕에 탄다
온 세상이 갈증으로 탄다

밤부터 하늘이 통곡, 눈물 쏟았다
이튿날도 온종일 눈물 쏟더니
하늘의 눈물은 생명의 주사약

다음날 새벽 동산에 오르니
먼 산능선 위론 방실방실
앳된 해가 방긋 웃음 짓고 인사 올린다

논밭 곡식들도 주름진 얼굴
활짝 피어, 연둣빛 나뭇잎들이
반짝 눈 뜨고 빤짝인다

설악산 천불동

쳐다보니 가물가물한 산봉 위
괴암 괴석 천 불상에
하얀 구름 몽기몽기 꽃이 핀다

절벽에 걸린 물줄기는 구불구불
솟구치며 용이 되어 토한 물줄기가
오련 폭포 되어 삶에 찌든
마음 한 점 티끌 없이 씻는다

천 길 절벽 날아 떨어지는 힘찬
계곡물이 돌과 바위 깎고 갈아
옥이 되어, 구슬 된다

백담(百潭)에 고인 수정 물, 금수청산
박아놓으니, 그 속에 잠긴 내 마음도
파란 거울…

일산 호수공원

공원 속에 호수라 연못인가
했더니, 숲속에 싸인 호수
강인 듯, 바다인 듯…

출렁이는 푸른 물은 동해의
파도인가 했더니, 돌아서서
다시 보니 호수임이 틀림없다

아득히 보이는 물 잔디광장
푸른 숲, 숲 넘어 고층 빌딩
이국(異國) 풍치 완연하다

석양에 뉘엿뉘엿 지는 해
빛줄기 뻗쳐, 호수 위엔 금빛
찬란(燦爛)한 물결
저무는 황혼 속엔 타는 저녁놀…

그 속에 수만 인파(人波) 몰려와
낭만 속에 걷건만, 지기 벗과
자전거 함께 타고 두 마음 하나로
황혼에 놀 속을 끝없이 맴돈다

태풍의 얼굴

독 오른 나비 한 마리가 바다에서
육지로 올라 춤추며 날아다니며
독 품어 쑥대밭을 만든다

하늘이 울고, 바다가 들끓고, 폭풍에
물 천지로 땅이 뒤집히면서 천지개벽으로
지축이 흔들리는 우주 전쟁…

큰 나무가 뿌리째 뽑히고, 집이 무너지고
다리가 끊기고, 길이 없어지고
통신이 마비되니, 지옥이 따로 없다

마을은 강, 전기 끊겨 암흑의 세계
지나간 뒷모습, 언제 횡포가 있었던가?
시침 뚝 뗀 가녀린 양의 얼굴
가면 쓴 사기꾼…

하얀 이불 한 자락 쓴 태양이
얼굴 살며시 내밀며 웃음 짓고, 죽음 뒤에 온
정적, 어찌 이렇게도 평온한 봄날인가

외로움

낙엽 진 나뭇가지 끝에
동그마니 앉은 산새 한 마리
고독 씹으며 빈 둥지 곁에 앉아
집 나간 짝을 하염없이 기다리는 듯

나뭇잎 하나 움직이지 않는
고요 속에도 무슨 기척 들린 듯
좌우를 두리번거리면서 귀를 세운다

날이 저무는 데도 언제까지
저렇게 앉아 있으려는지
나무의 옹이가 된다 나도 옛 생각에 잠겨
동료가 된 채 추억의 날개를 편다

난蘭

만추, 너도 긴 휴면에
들 때 뜻밖에 꽃망울,
맑고 깨끗한 네 향기
애인인 듯 취하네

청아한 네 모습에
그리움 솟아난다
깊은 산속 바위틈에 똬리 틀고 앉아
풍진 속 번뇌를 삭인
높고 높은 이상이여!

네 향기 고고하여 나 네게
못 미치나 꿈에도 잊지 못해
하염없이 기다리네
그대는 내 뜻 모르니
애간장을 태운다

눈 오는 날

까맣게 내려온다. 하늘의 사자(使者)들이
어지러이 춤추면서 사뿐히 내려와서
지상 위에 꽃 대궐 꾸민다

삭막하던 추한 세상의 얼굴들 말끔히
지워놓고 탄생한 새 얼굴,
앙상한 나무 가지 위엔 매화꽃 피고
청솔가지 위엔 면화 송이 꽃이 피어 환하고
아름다운 산, 절세가인(佳人)…

내 안에 고인 삶의 찌꺼기들도 한 점
남김없이 한순간에 순화되어 정화되니
어찌 이렇게도 평화로운고

아무도 밟지 않은 고운 꽃길 걸어가면
뒤따라오는 소리, 뽀드득뽀드득 울려
돌아보면, 아무도 없는 길
발자국만 조르르…

눈꽃 속에 요정妖精

함박눈 흩날리는 길 위에 까맣게
차려입은 여인 눈꽃 속에 요정
샛별 눈 초롱초롱한 쏘는 눈빛에
가슴 두근두근, 입가엔 미소
포근함이여…
뽀얀 외씨 얼굴, 머리 위엔 얇은
새하얀 스카프 쓰고, 흩날리는 눈꽃 길
사뿐사뿐 걷는 단정한 모습에
가슴 가득 설레는 마음, 예전엔 대학도서관에서
매일 봐도 쳐다볼 줄 몰랐네

서로 잠깐 스치면서 인사 몇 마디
그것이 마지막 인연일 줄이야…
지금도 눈길 가면 떠오르는 눈꽃 속에 요정
그때 한 마디 물어나 볼걸

푸른 생명 한 가지

대한 추위에 수도관과 보일러가
얼어 터지는 한파에도 굴하지 않는
푸른 생명의 잎들은 옛 충의
꿋꿋한 기상인가

단단한 나뭇가지 꼭 움켜잡고
매어달린 의연(依然)한 모습
내 가슴에 희망과 꿈을 심는다

나의 방 앞 모과나무 한 가지의
잎들 모체의 향수에 대한 그리움일까
생의 애착일까…

나뭇잎 다 진 찬 하늘 아래 둥치엔
유독 한 가지가 푸른 생명 달고
매서운 칼바람 삼키며
찬란한 봄을 기다린다

자연의 순리엔 역행의 칼을 뽑았지만
내겐 서광으로 비쳐와 다가올

한 해가 나의 꿈이 영그는 희망으로
꽃 피기를 조용히 기대해 본다

삶은 엇박자

일출 보러 정동진 가던 날은 안 올
눈 내려, 밤새도록 잠 못 이뤄
가슴 조마조마 애를 태웁니다

눈 관광 열차 타고 강릉 가던 날은
와야 할 눈 안 내려 애가 탑니다

하늘의 하는 일은 언제나 엇박자
나의 모진 인생길 같아, 소원을
빌어도 소용이 없습니다

내일은 꼭 와야 할 눈
밤 깊으니 또 비만 보슬보슬…
잠 못 이루고 밤새도록 애가 탑니다

축 처진 어깨가 동대구역 새벽 열차 타고
봉화를 지나니 내리던 비
하얀 꽃잎 되어 휘날립니다
솔솔 나무마다 새하얗게 꽃이 핍니다

꼬이기만 하던 내 삶의 길
오늘은 신기한 신기루 되어
남은 길을 환하게 비춥니다

산모롱이 저편에

가슴에 별을 안고 산모롱이 돌아간다
굽이치는 노송 길 아득히 열리는
산마루 저편에, 묻어나는 그리움

어느 순간에 나타난 당신 나를
어루만질 때 내 기쁨으로 손 내밀면
당신 홀로 홀쩍 사라진다

아련한 그림자 안고 빈 하늘 외진
산길에, 홀로 외롭다
솔바람 분, 산새들이 운다

미명 未明

빨간 놀 속에 먼동 트면
산안개 이불속에서 먼
산들 부스스 새벽잠 깬다

산마루 바위들은 해맞이 나서고
바람은 꽃잎 속 잠든
이슬 잠 깨워 반짝 눈 뜬다

나는 잠에서 깨어나 꿈 따러
산에 오르면, 산 고개
넘고 넘어 정상에 올라 별을 따온다

적상赤裳 산

여인의 붉은 치마 속으로 억센 사나이들이
기어오른다 아가씨의 젊음이 불꽃으로 탄다

굽이굽이 돌며 봉우리를 향해 한 봉 한 봉
정복할 때마다 환희에 소리치면, 이르는 봉마다
곱게 무르익어 불꽃이 활활 탄다

끝없는 기쁨에 억센 사나이들의 산정(山頂) 정복
포효소리 산 울리면, 여인은 마지막
정열로 타며 홍시처럼 빨갛게 익어 절정…,

사나이들과 여인이 어우러져 환희가 몇 구비
더 지나가고 나면, 끝없는 정적, 붉은 치마 속에는
상쾌한 바람 일고, 고운 산새가 운다

불타던 여인은 어느새 새로운 자세로 붉은 치마
색동옷 곱게 차려입고, 머리 위엔 하얀
억새꽃 피어 완숙한 그녀는 적상(赤裳) 산…,

제 2부 사랑은 기쁨과 아픔

- A 사랑의 기쁨과 희망
- B 사랑의 슬픔과 아픔

나는 그때마다 바른길을 찾습니다 당신 때문에

기쁨과 사랑을 알았고 봉사하고 감사함을 배웁니다

세상이 다 무너져도 내 곁에는 오직 당신이 있어

꺾이지 않는 힘을 얻습니다

어느 봄날

당신을 처음 본 순간
내 가슴에 하얀 백합 한 송이가
피었습니다

하얀 꽃잎에서
당신 가슴에 새겨진 순결과
붉은 마음을 읽었습니다

긴 꽃술은 그대 공단 같은
머리카락에서 피어나는 정결함
내 마음 씻어서 반짝입니다

당신의 눈빛은
언제나 내 가슴에 별이 되어
떠오릅니다 그 별은 내 가슴에
폭풍을 일으키고
숨통을 뚫었습니다

나는 당신 가슴에 반딧불 켜고
엄춰선 채 영원히 떠나지 못합니다

환상의 소녀

보랏빛 교복 정갈한 맵시에
단정함 흘러 머리는, 물 찬 제비…
난처럼 향기롭고 고고한 기품은
이 마음 갈대처럼 흔든다

샛별 눈 쏘는 듯 날아와
내 가슴 찌르니 설레는 마음,
두 볼엔 고운 빛, 해맑은 미소에
포근함이어…

찌는 듯 더위 손발이 어는 날도
자리에 붙은 듯 오롯이 앉아
독서삼매 애처롭건만
이상은 높아 하늘 찌른다

국어 시간 되면 낭독하는 음성
옥을 굴리는 듯 청아하여
천상 소녀 내려온 듯

동(動), 정(靜)의 고운 맵시 나아가고
그칠 줄 알아 언제나 이 마음 사로잡고
갈대처럼 흔들건만, 한 마디 말하기가
공주처럼 어려워라

그 집 앞 지나가면

뜰 앞엔 광야, 들 건너 우뚝 솟은 산
뒷문밖엔 아늑한 언덕
초가집 한가운데 아담한 기와집

그 집에는 언제나 빈집 사람이 없네
저기 저 집에는 누가 살까
그 집 앞 지나가면 궁금한 마음

오늘은 그 집에 소녀 한 사람
하얀 빨래 들고 일손 바쁘다
뒷모습 예쁜 소녀 날렵한 맵시
물찬 제비…

저분은 뉘신가 궁금한 마음
춤추는 듯 빨래 널면서
조르르 달리다가 돌아서는 순간
나의 가슴 놀라 외마디 소리…

그 소녀 꿈속에도 그리던 나의 임
날마다 서로 바라보고 있건만

한마디 말 못하고 가슴만 탄다
그 집은 굳게 닫힌 문, 아무도 없네.

나의 용광로

사막을 횡단하는 자에겐 한 잔의
물이 생명수가 되듯 사랑에 목마른
나에겐 임의 따사로운 말 한마디가
생명수여라

앞뒤 꽉 막혀 아비지옥 숨 막힐 듯
위급한 상황에서도, 임의 목소리
한 마디는 청량제건만 돌아서면
한없이 허탈함이여…

그대와 전생에 무슨 인연 깊었기에
이 세상 수많은 사람 중에
오직 당신만을 애모하는가

인생살이 모진 풍우 속에 생이 멎을 듯
가물거리는 상황에서도 그대는
내 몸도 마음도 활활 태워 녹이는
용광로여라

임은 나에게 삶의 의미를 주는 꽃이요,
예술이요, 생명인 이상(理想)
아! 이 순간에도 문득문득 가슴
적시는 벗이여…

내 마음 한 곳에

한순간도 못 잊어 당신을 따라
맴을 돌면서, 멀리 있을 때는
다가서려고 애를 태웠습니다

가까이 다가가면 한마디 말도
건네지 못했습니다 세월 가도 가도
당신은 내 가슴 속에 갇혀 있었습니다

마지막 순간까지 말 한마디도
못 건넨 당신이었기에 더 아름다운
기억으로 남아 있습니다

만날 약속도 없지만, 만날 것이란
막연한 희망 속에도 내 마음 한 곳에는
언제나 당신이 서 있습니다
그대 앞에 서면
겨울나무
야영장의 밤
내 고향

당신

내겐 오직 당신이 있습니다 내 부족함을
채워주고, 용기와 소망과 위로를 주는 사람
봄날 마른 가지에 물줄기가 차오르듯
당신은 내 삶을 소생시키는 물줄기입니다

때로는 쉽게 지치고 힘들 때마다
당신이 있기에 오늘 최선을 다해 살아갈 힘과
용기와 생명을 얻습니다. 암흑 속에서는 빛이요,
길을 밝혀주는 인도자로 스스로 걷지 못하는
나에겐 지팡이요, 사랑의 사자입니다

나는 목마를 때마다 당신에게 귀의합니다
그때마다 당신은 내 곁에 와 속삭여줍니다
"그대 곁에는 내가 지키고 있어요." 하고…,

나는 그때마다 바른길을 찾습니다 당신 때문에
기쁨과 사랑을 알았고 봉사하고 감사함을 배웁니다
세상이 다 무너져도 내 곁에는 오직 당신이 있어
꺾이지 않는 힘을 얻습니다

그리움은 제자리

다람쥐가 쳇바퀴 돌 듯 세월 따라
돌고 돌아도 닿는 곳은 언제나
제자리였습니다

당신과 나 사이에 단절이 길수록
그대 그림자는 멀어져 가도
두고 떠난 정만은 언제나 제자리였습니다

그대가 두고 간 것을 깊이 간직하고
오늘도 서울 어느 지하철 속에서
무수한 사람들 속에 눈빛 빛납니다

언제 마주할지도 모르는 당신을 기다리는
나의 애타는 그리움은 언제라야
끝이 오려는지…,

나의 별

이름도 묻지 마세요
당신은 언제나 내 가슴을
사로잡는 샛별입니다

지나다가 저와 마주칠 때는
호수 같은 당신의
눈만 주고 가세요

아는 체도 말고 무표정한
얼굴일지라도, 당신의 뜨거운
눈빛만 주고 가세요

그 눈빛 내 가슴에 폭풍 되어
주체할 수 없는 불길에
한 줌 재가 될 것입니다

행운의 날은 언제

평생에 꼭 한번 만나고 싶은 사람
만날 행운의 날은 언제 오리!
반세기 세월이 지났건만 오지 않는
그 사람 만날 기회 올 적마다 오는 듯 아니 오네

높은 산 혼자 오를 땐 바위고개 숨었다가
뛰어나올 듯 산 넘어 기다리다가
깜짝 놀래줄 듯

보슬비 내리면 그리움 사무쳐 그대 이름
한없이 불러 봅니다 그 소리 멀리
멀리 퍼져 가건만, 돌아오는 것은
언제나 산 메아리뿐…

가신임은 언제 오시리 아직도 그 모습
옛날같이 고우실까? 오실 때는 알리소서
나아가 서서 지키리

나의 별 2

기다리고 있습니다
한마디 말도 기약도 없이
떠나간 사람을

모진 생애에
비바람이 불어와도
눈바람이 휘몰아쳐도
한 점 흐트러짐 없이

기다리는 것이 끝없는
적막과 사막과 같아도
참고 견딥니다

앞길이 칠흑 같은
밤일지라도 한 줄기 빛을
품고 마냥 기다립니다

애련 哀戀

그대의 등만 쳐다보며
가슴 끓이고 뼈를 깎고
얼마나 기다려야 꽃망울 터질까

해바라기 태양 돌 듯
그대 등 뒤를 따라가며 웃다가도
흐느끼는 운명, 얼마나
더 외로워야 꽃이 필까

기도로써 쌓이는 마음
긴 날 숨 공간 차오르는데,
간절한 이 기다림은 끝이 없는지

애모愛慕

삼백예순여섯 날을 하루같이 눈앞에
바라만 보았다 말 한마디 나눈 적도 없이
헤어지던 날 마지막 순간에도
눈빛 한 번 주지 않고 떠난 사람아…,

강산이 수없이 변했고 세월은 무수히
쌓였건만, 지금도 한 송이 하얀 백합꽃으로
내 가슴속에 뜨겁게 피어난다

앉은 자리마다 향기로 적셔놓아 네 미소와
별빛 눈 내 눈 속에 박힐 때, 그 눈빛
쏘는 듯 따가워 바라볼 수 없었고
그 웃음 뜨거워 가슴 깊이 파도만
일으켜놓고 사라진 사람아…

이젠 어디서 무얼 하고 있을까
아직도 옛날같이 그 모습 고우실까
한 점 티끌도 없는 하얀 백합꽃
꽃이파리 끝없이 해일(海溢)에 밀려온다

행운이 온 날 1

공항에 비행기 도착 소리
숨 막히는 정적…,
평생을 그리던 첫사랑, 항아임 온다 하니
기다리는 마음 가슴은 두근두근
저만치 전방엔 쏟아지는 손님들
저기 저 속엔 그 옛날 임도 계시런만

이젠 서로서로 알 수 있을까?
반백 년 흘렀으니, 핸드폰 신호 보낸다
어느새 앞에 와서 전화 받는 여인
곱던 얼굴 이젠 하얀 할미꽃
보고 다시 봐도 알 수가 없다

한 줄기 쏟아지는 슬픔을 삼킨다
곱던 십칠 팔 세의 옛 모습 그리면서
다가가서 손잡고 맞으니
꿈인 듯 현실인 듯

섬섬옥수 그 손결 이젠 구겨지고
샛별 눈빛 잃어

피어나던 수련 꽃은 꿈에 본 환상
이상의 꽃으로 가슴에 묻고
만나지 말라는 친구들 말 들을걸

*항아(姮娥): 달 속에 있다는 선녀.

행운이 온 날 2

내 차에 올라서
"어디로 모실까요?"
"동화사 대불로요."
시내 벚꽃은 다 지고 없건만
가는 길 굽이굽이 마르니아 새잎 돋아 연두색
산야엔 벚꽃 곱게 피어 우리의 만남을 축하하는 듯

대화할수록 이심전심(以心傳心) 통하여 잠시 서먹했던
마음은 봄눈 녹듯 사라지고 이른 봄 화사한
날씨처럼 포근한 마음, 세월 잊고 소년 소녀가 되어
천하를 얻은 듯 가슴 벅차 설레면서 가는 길엔
희망의 꽃이 활짝 피어 지기지우(知己之友)가 된다

동화사 주차장에 차 세워두고 노송 숲속으로
나란히 걸어가니, 발걸음 쾌하고 마음은 하늘 난다
황장목 노송 가지엔 연둣빛 새잎 돋아 반짝이는 생기
몸속으로 스며오니 향긋한 솔향기 물씬 풍긴다

계곡 거울 같은 물속에 나란히 걸은 선녀와 나무꾼
어디서 온 천사뇨, 저 수정 물 바위 돌아 쏟는 은구슬

염주로 꿰어 108번뇌 씻어볼까…
오늘은 이길 한없이 멀었으면 하오

행운이 온 날 3

통일전에 들러 염불하는 스님 옆에
나란히 서서 삼배 올리니, 대불에서
"너희들 이제야 인연 닿아 왔느냐?"
하는 듯 울려온다

통일 전에서 나와 베란다에 서니
물오른 적송 소나무 숲 솔잎마다
기름 독에 빠진 듯 생기 얻어 반짝이니
우리를 향해 눈인사로 환영하는 듯

일 년 내내 활기찬 저 소나무들
준수한 절세가인과 귀공자 같다
저 소나무들 보고 있으면 그녀와 나는
선녀와 나무꾼 되어 봄 처녀의 주인공
청춘이 되돌아온 듯 하늘 날아오른다

처다보니 팔공산 영봉들이 지호지간에서
대불 향해 읍하니 우리를 향해 조아린다
우리는 천군만마의 대장군 되어 사열
하는 듯 통쾌하다

은빛 양산

임의 마음 담긴 귀한 선물, 값이야 얼마
안 되지만 내겐 보물, 등산조끼 주머니
속에도 쏙 드는 양산, 비가 올 때는 우산…

임의 손결 묻은 자국마다 향기 피어나는
내 인생의 최고의 선물, 봄비 속삭이는
강변길, 깊은 산속 야생화 그윽한 향기
서 펴들면, 그대의 깊은 사랑에 가슴
흠뻑 적셔요

여름날 푸른 숲속, 주룩주룩 내리는 소나기
속에 아침저녁 산책할 때 펼쳐 들면, 비속에
그대 오신 듯 향기 풍겨 기뻐요

알록달록 타는 단풍길 낭만 속을 걸을 때
세우 속에 펴들면, 들국화 송이송이 피어나는
그대의 향기에 찬란한 슬픔에 젖어요

함박눈 흩날리는 하얀 눈길에
발자국 수놓으며 호젓한 길 혼자 갈 때
펴들면, 사르르 젖는 가슴 빨갛게 익어요

가을 향기 속에서

쏟아지는 햇살 받아 안고, 차창 밖
산과 들이 계절 옷 갈아입어
논에는 황금파도, 산은 형형색색 옷
갈아입고 곱게 탄다

내 마음도 벗 함께 계절 변화에
그들과 어우러져 타오르니
하늘 둥둥 날아오른다

초원 풀잎은 청랑(淸朗)한 수정알 달고
쪽빛 하늘 꿰고, 진주처럼 반짝이고
억새꽃은 은물결로 출렁인다

과일나무 위엔 군침 돌고
석류 속 같은 사과 한 알 뚝 따서
한 입 꽉 물면, 상큼한 가을 향기여…

나그네 지기의 벗 함께 두 마음 하나로
그 속을 걸으면서 온 산을 누비며
가을 열매처럼 익는다

돌아오지 않는 애인

요란한 천둥소리와 함께 후두두둑
빗방울이 쏟아진다
친구가 없다, 정신이 번쩍 든다

반세기 동안 그리다가 만난 친구에게
선물 받은 내 인생 바람막이 친구
시 공부하던 날 앉은 자리에 혼자
남겨두고 온 생각이 스쳐간다

사흘이 지났건만, 택시 불러 타고
숨 막힐 듯 달려갔다 그는 아직 둘이
여기에 있다고 한다 직원이 데리러 간
두 친구에게 희망을 걸고 눈빛 빛난다

그들을 보는 순간 가슴이 무너진다
나의 친구는 주인의 샛별 눈이 박힌
은빛, 그들은 까만색 친구

지난 십 년 세월 내 생애에 비바람을
막아주며 기쁨 주었던 애인 이젠
영원히 사라졌다

그대 새가 되어

그대가 새가 되어 내 가슴에 사랑의
날갯짓을 할 때, 나는 당신이 내 곁을
영원히 떠나지 못하리라 믿었습니다

한 줄기 폭우가 몰아쳐 오듯 쫓기면서
살아가는 삶 속에서도 당신만 곁에 있다면,
모진 세파를 헤치면서 걸어가도
한 줄기 빛이 되어 행복했습니다

탄력 없는 나의 삶이 기다림으로
설레었고, 때로는 거친 폭풍이 밀려와도
심장이 멈추도록 사랑의 몸짓을
하고 싶었습니다

뜨거운 입맞춤이 아니더라도
당신의 부드러운 손결로
손 한 번만 잡아 주어도
사랑을 주고받던 그날들로 인해
행복하리라 믿고 있었습니다

그대가 내 가슴에 묻혀 살다가
둥지에서 후르르 날아갈지라도, 당신은
내 마음속에 영원한 그리움으로,
나를 활활 불사르고 말 것입니다

단장斷腸의 이별

눈에서 멀면 마음도 멀어진다고 했으나
강산이 변했지만 내 영혼 속에는 아직
당신이 미소 지으며 숨 쉬고 있습니다

쌓인 세월에 강산이 변하고 또 변하는
데도, 항구 떠난 배처럼 멀리 있어도
당신의 눈빛이 뜨겁게 타오릅니다

안 보면 못살 듯 다정하던 그대가
떠날 때는 쉬 돌아올 듯했건만
한 마디 소식 없는 매정한 사람아,
오랜 원망과 기다림은 그리움으로 파도칩니다

만나면 그냥 기쁘고, 말하고 싶고
나란히 걸으면서 자연을 즐기고
인생을 말하며, 노래 부르고 싶은 사람아

만남의 세월은 반세기가 걸렸는데도
이별은 이렇게도 한순간인가…
기찻길을 엇갈려 달리는 기차가 출발하기 전에,

인연 닿아 기적 같은 만남이 다시 올까?
사랑하는 사람아, 그리운 임아…

달

산장에서 잠을 청하는데 밖에서 누가
부르는 소리에, 벌떡 일어나서 문을 박차고
밖으로 나갔더니, 아무도 없는데
둥근 달이 살며시 웃고 있네

구름 속에서 막 나온 저 달은 절세가인
나의 첫사랑 애인, 내가 웃으면 달도 웃고
내가 걸어가면, 달도 따라온다

고요한 빈산에 가득한 달빛 오늘 밤은
나만의 소유, 달과 함께 불타는 정열 교감하며
노래 부르면서 춤춘다

은은한 그의 빛 속에서 운치와 낭만 속에
춤추는 듯 걸으며 노래 부른다
달이 속삭이네, 임이 속삭이네

귀를 세웠지만, 무슨 말인지 뜻도 모르면서
촉촉이 젖는 가슴 기쁨 절정, 임의 향기에
취해 황홀한 이 밤 꿈속을 간다

이 순간은 짧지만 오늘 밤은 내 인생의 예술
영원히 기억될 이 밤, 깊어만 가는데, 미풍에
실려 온 기척 소리, 달이 귀가에서 소곤소곤
속삭이네 포근한 입김, 풍기는 향기, 달빛 속에선
내 마음도 달, 이 밤 영원히…

갈망渴望

잊었는가 하면, 생각나는 사람
안녕한지 궁금하면서도
가슴만 탄다

연락하면 안 되는 사람
연락 와서도 안 된다 하면서도
기다리는 이 마음
얼마나 세월이 흘러야 잊을까…

연락해도 만나지 않을래
마지막 그 인사가 가물가물 멀어져
갑니다. 참아도 참아도 죽도록 보고플
때는 안부라도 알게…

마지막 떠나실 때는 핸드폰으로
전화번호라도 주고 가소서

해변의 밤

하얀 모래 위에 황혼이 드리우니
따갑도록 뜨겁던 열기도 식고
시원한 바닷바람 가슴 활짝 연다

금모래 위에 둥지 지어놓고
그 속에 누우면, 아늑한 둥지 속에
물새가 된다 어린 물새들은 밤 깊도록
폭죽놀이, 모래언덕 너머 파도 소리

바닷가로 나아가서 촉촉한 모래
위에 걸어가면, 모래톱엔 쏟아지는
백옥 구슬, 주우려 하면 사라지는 신기루
그 속으로 걸어가면 솟아나는 꿈
별빛처럼 빛난다

어린 물새들 잠든 후 자리 보고 누웠으면
부서지는 파도 소리, 별 헤다
밤 깊어 소르르 잠들면 꿈속에서도
처얼석, 처얼석 파도 소리…

오월 밤

촉촉한 땅 신록 향기 물씬 풍기는
숲길, 어둠에 묻혀 성스러운 밤
벗과 나란히 산길 조심조심 간다

고요한 밤 산새도 잠들고
벌레도 울지 않아 적막한 숲속
어둠에 묻혀 빤한 길
가면 따라오라고 훤히 열리네

밤에 산길은 인생길, 조심스럽고
긴장되는 줄 알았건만
오월 밤에 벗 함께 걸어가면
포근한 마음 다정도 하네

소음도 사라지고 밤은 깊어 가는데
속삭이는 숲길 따라가면, 우리의
우정도 밤처럼 깊어간다

뒷북 친 사랑

한순간 내 가슴에 잠간 불어온
바람인 줄 알았습니다 이토록 마음
흔들고 머물 줄은 몰랐습니다

이젠 지워도 지워도 지워지지 않는
흔적으로 남아 그리움으로
피어오릅니다

잠간 스쳐 가는 풋사랑으로 알았던 것이
강산이 수없이 변했건만
가슴에 새겨진 그림자는 꽃으로 핍니다

아직도 설익은 사과처럼 마음은 붉게 익어
학이 되어 "당신을 사랑합니다."
"우리가 젊어서 만났다면 좋았을…"
당신이 그 말 할 때 내 가슴은 쿵 하고 무너졌습니다
사랑의 뒷북을 치면서

갈구渴求

언제나 채우고 싶은 욕망 하나가
물 빠진 모래 부리의 갈증에 목이 탄다

허기진 마음속에 등불 켜고, 채우고
채워도 채워지지 않는 샘 하나,
언제까지 기다려야 채워질까

갈고 닦은 세월 십오 년,
세월은 기다리지 않고 흐르는데
늘 부족하다는 생각에, 누구 앞에도 선뜻
나서지 못해, 상처받아 찔리고 아픈 마음
숨은 노력으로 애가 탄다

누구도 대신해 줄 수 없는
이루지 못한 꿈
인생의 한계를 넘어
고요한 밤이 오면
캄캄한 어둠 속에
별이 되어 빛난다

마음으로

가물가물한 당신, 눈 감으니
보입니다 백합꽃 한 송이

귀 막으니 들립니다 지는 잎
부는 바람 속에도

사뿐사뿐 다가오는 소리,
꿈속인 듯 생시인 듯

도란도란 들려오는 소리
옥구슬이 굴러오는 듯

수백 리 밖에 있건만
풍겨오는 향기에 그대임을
깨닫고 저승길 가다가 돌아옵니다

고향 마을 경사

고향마을에 "행정고시 수석 합격자가 나와
고향에서 잔치를 했다"는 소식이다. 수석은
알고 있었지만, 고향에서 어른들 모신 잔치는
큰 기쁨, 보람으로 빛나리라.

오랜만에 난 경사요, 영광이다 내 고향 동네는
옛부터 전해오는 말, "뒷산이 낮아서 인물이
나지 않는다"는 말, 옛 어른들로부터 전해오는
전설일 뿐, 사실이 아니란 것, 증명되었다

근래엔 일본과 미국 주립대학 장학생으로
입학하여 유전공학 박사, 카이스트 박사, 미국
캐나다 석 박사와 국내 석 박사, 의사 학사
대 기업체 이사, 국내와 캐나다, 중국을 주름잡는
사업가, 중소기업가 다수 등등…

성공한 자영업자, 수원시 의회 부의장, 공무원,
회사 간부 등등, 성공한 젊은 인재들이 줄을
이어 활동하고 있으니, 옛말은 전설일 뿐…

하늘 비만 바라보는 천수답(天水畓) 지역을 나는
뽕나무를 심어서 상전벽해(桑田碧海)의 기적으로
새마을 사업 성공으로 뽕밭의 기적, 땅콩밭의
황금알, 영농기술 발달로 부자 마을 만들어 교육한
힘이라 하리라

장흥에서

장흥 산천의 빼어난 절경 속에
환상의 호반 길 걸으러 왔건만
선경 찾아 헤매다가 조각공원에서
알밤만 주웠어요

아늑한 산장 소나기가 부서지는
창가에 곱게 핀 수련 꽃 한 송이
나의 시 속에 매료된 듯 고요하고
길손은 꽃 속에 빠져 황홀하네

지켜만 봐도 지상(至上)의 행복
이 순간 지나가면 다시 오지 않을
이 영광 아! 세월의 시곗바늘
묶어두고 싶어라

수련만 바라보면서 노래 부르며
아름다운 계곡 길 물 따라 산 따라
한없이 걷고 싶건만 그치지 않는
소나기가 야속하구나

오늘 이 기쁨, 이 행복은 장흥 산장의
아름다움도 아니요 여기 산 곱고 물 맑음도
아니요 오직 수련 함께 있기 때문이오

백합꽃 당신

얼마나 더 사랑해야 사랑이 멎을까, 얼마나
더 미워하고 원망해야 그리움이 끝날까
얼마나 더 기다려야 당신을 잊을까

채우고 또 채워도 채워지지 않는 나의 사랑
얼마나 더 마음을 태워야 가슴 속에 별이
한 방울 이슬로 사라질까…

서울 숭례문 앞 어느 거리 빈번하게
오가는 사람 속에서, 아스라한 당신의 그림자만
언뜻 비쳐도, 행여나 하고 눈빛 빛난다

꿈엔들 잊으리

눈 감으면 보입니다 고향으로 가는 길이
해맑은 강에는 은어 떼 놀고, 하얀 백사장엔
물새 알 조약돌, 들메 선산엔 노송 숲, 금잔디
동산, 대문 앞에 기다리시던 부모님의 얼굴도

꿈엔들 잊으리, 그 속에 함께 놀던 친구들
살구꽃 피던 마을 진달래꽃 꺾어 들고, 버들피리
불면서 산과 들 강변으로 뛰어놀던 옛 동산

그때 그 벗들 지금은 어디서 무엇을 하고 있는지
부모 형제도 먼 길 떠나시고, 피리 만든 그 버들
그 옛날 꽃 피었던 복숭아 살구나무도
사라지고 없건만…

지금도 고향 가면 정들었던 고향산천, 어릴 때
추억들, 학이 된 할머니들만 반겨주어도, 고향은
언제나 다정다감하구나

*들메: 고향 동네 입구에 있는 선산(先山)

아름다운 만남

먼눈으로 보는 순간 수없이 주름진
얼굴임에도 당신임을 첫눈에 알았습니다
반세기 전 푸른 제복 투구 쓰고
생사고락을 함께했던 일등병,
당신임을…

당신도 그 눈빛 표정에서 제 마음과
같음을 마음으로 수없이 새기면서
읽었습니다

두 팔 벌려 꽉 껴안는 순간, 뜨거운
가슴에서 전해오는 옛일 되살아나서
사랑의 교감을 무한정 느낍니다

용사 시절 사무치던 아픔들이 당신의
뜨거운 사랑으로 녹았던 그때가
찬란한 추억으로 그리워집니다

호랑이 같던 당신도 이젠 세월에
등 굽고 주름진 얼굴, 학의 머리에
슬픔이 북받칩니다

딸 생각

딸이 면사포 쓰고 떠나던 날
내 가슴은 평온했다 정 많은 사람
딸의 손 잡고 예식장에 들어서자
눈물 주체하지 못한다

나는 정이 메말라 눈물샘도 말라 버렸는지
아무 생각 없이
담담하다 해가 지고 딸이
돌아오지 않아도 내 심장은 고요하다

하루 가고 이틀 가고 달이 가도
딸의 방문은 굳게 닫혀있다 문을 열고
딸이 있는 듯 들어섰다
텅 빈 방엔 끝없는 정적…

딸이 수놓은 장미 액자가 다가온다
액자를 잡고 눈시울이 젖는다
세월 갈수록 딸이 떠난 빈자리가 외롭다

돌아오지 않는 소년

살이 문드러지고 온몸에 옹이가 돋는 하늘이
내린 불치(不治)병, 이건 천벌이다
그는 억울하게도 기약 없이 고향 떠나간 친구
살아서 돌아올 수 있을는지, 먼먼 길 떠나갔다

같은 땅인데도 사람들의 뒤안길
단절 육십 년, 삶이 내 버려진 저 땅에도
희망이 싹트는 봄은 오는지…

유년의 산, 강 되고
바위 부서져 모래가 되고
너는 죽어서 고향 바라기 바위가 되었는가

나는 너를 잊지 못해
팔영산에 올라 너의 이름 부르면
바다 건너 저 땅에서 메아리쳐 오는 소리

한때는 수평선 넘어 그리움 못 잊어

소리 없이 울었다 밤 되면 수탄 장(愁歎場)길
걸으면서 소쩍새와 함께 울었지만, 이젠 다 잊었다
들메, 남산, 부모, 형제도 다 잊은 지 오래라고……,

*들메와 남산: 고향의 선산(先山)
* 수탄 장: 한센병 환자의 부모가 자식을 멀리서 바라보기만 하고
　　　만나지 못하던 애환의 장소.

모성애 母性愛

봄볕에 어미 닭과 병아리가 마당에서 평화롭다
어미는 모이와 벌레를 물면 자식 사랑에
배고픔도 잊고 새끼를 불러 모아, 골고루
나누어 주면서, 잠시도 눈 떼지 않는다
갑자기 어미 닭의 다급한, 울부짖음…

방문 박차고 나가니 큰 독수리 한 마리
병아리를 향해 3m 상공까지 내려와서
덮치려는 순간, 황조롱이가 된 어미 닭 후르르 날아올라
독수리의 머리 위에서, 눈코 귀 머리 없이
얼굴을 마구 쪼아, 피투성이 만들었다

기습공격에 독수리도 혼비백산, 비실비실하다가
땅에 떨어지지 않았지만, 겨우 어미 닭 공격을
벗어나 피를 흘리면서 줄행랑쳤다

어미 닭의 새끼 사랑, 죽기로써 겁 없이 싸우니
천적 독수리도 속수무책 당하기만 하고, 얼마나
기겁하고 혼줄 났던지…

동네 앞산 큰 소나무 위에 둥지 트고
새끼 한 쌍 깨어 놓고, 하루에도 십여 차례씩 오던
독수리 부부, 그 후로는 얼씬도 하지 않았다
어미 닭의 새끼 사랑, 위대한 기적을…

촛불

깊은 밤 한양대학교 병원 특실
동생의 싸늘한 병실엔 무거운
침묵 속에, 촛불 하나 깜박인다

심장이 멈출 듯 숨 가쁜 심지의
가녀린 촛불은 바람이 없는데도
가물거리면서 명(命)을 재촉한다

저 촛불, 마지막 숨을 고르는 듯
흔들리며, 숨소리는 여리게 더 여리게
어디론가 자꾸만 가고 있다

가족들이 다 왔다 깜박거리던 촛불은
바람이 없는데도 잔명마저
다한 듯 실낱같은 불꽃이
잦아들면서 흔들린다

마침내 촛불이 깜박하면서 꺼졌다
온 세상이 고요하다 새카맣게 타던
동생의 얼굴이 깊은 숙면에 든 듯
매우 평온(平穩)하다

촛불의 최후

깊은 밤 싸늘한 동생의 병실, 적멸의
세계로 잦아들 듯 침묵이 흐른다

타들어 가는 촛불의 심지는 잔명만
남아 바람이 없는 데도 깜박거리며
촛농은 제 무덤을 동그랗게 쌓는다

촛농이 쌓일수록 줄어드는 시간
촛불은 이제 먼 길 떠나가는 듯 거세던
숨소리마저도 점점 약해지면서
멀어져 가던 촛불 깜빡, 하고 꺼졌다

옆방에는 무수한 중환자들이 있기에
내 찢어지는 가슴, 가족들과 터져 나오는
통곡 삼키며, 숨소리도
죽인 채 참는데…

창밖에 전등불 밑, 무심한 밤 매미
먼 길 떠나는 동생의 영혼을 애도하듯
목 놓아 울어 댄다

별이 지다

칠흑 밤 2시경, 반짝이던 별 하나
갑자기 빛을 잃고 떨어졌다

해와 달이 없어지고, 온 천지가
암흑 속에 갇혀가던 길을 잃었다
그 별은 언제나 깨우침, 주면서
미래를 밝혀주는 나의 등불

이보게 종제, 자네와 함께 선대와
부모님까지 신도비를 마련해놓고
내 비문은 자네가 쓴다 하더니
이게 무슨 청천에 날벼락인가…

무덤 앞에 서니 흐르는 저 강물은
예나 다름없이 유유하건만, 인생은
어이 이리도 허무하고 바쁜가

슬픔이 강이 되어 흘러 눈앞이
눈물바다가 되어 가리니, 내 앞길이
아득하여 보이지 않는다

*신도비(神道碑): 묘갈(비석), 상석, 망주 등 의물

90

그 사람

그는 하나의 비석이다
내 마음속에 한 땀 한 땀
새겨져 영원히 지워지지 않을

언제 새겨졌는지도 모르지만
무엇이 내 마음을 이처럼 묶었을까
특별한 인연도 이해(利害)로
얽혀진 고리도 없건만…

쇠 자물통으로 채워놓은
깊이 감춰둔 보석처럼
내 안에서 영원토록 빛나리라

세월이 흐르면 기억도 생각도
흐려지건만, 갈수록 빛나는 금강
석처럼 변하지 않는 비석이다

이젠 내 안에서 영원한 바위가 되어
언제나 나와 생사고락을 함께하면서
별빛처럼 빛나는…

동서의 운명 殞命

눈 감으면 보는 듯 환한 미소
눈 뜨면 참혹한 현실에
가슴 무너집니다

가는 곳이 얼마나 멀기에
한 번 가면 함흥차사
돌아오지 못하는가

동서 병원 옮길 때
위태로움을 예견했으면서도
나의 몽매함이 형을 잡지 못해
돌아올 수 없는 곳으로 보냈다는
죄책감에 밤마다 눈물로 가슴 적십니다

날이 갈수록 당신의 빈자리가
너무도 크기에 아쉽고 그리운 마음에
가슴 미어집니다

순결무구 하게 바른 삶을 살아온
형 같은 사람이 하늘에도 필요했었던지

아! 하느님도 무심하신 것 같구나
나는 왜 지나고 나면 깨닫고 뒷북치면서
이리도 괴로워 울어야 하는지

불꽃 사랑

불꽃이 되어 온몸을 불태우는
사랑을 하고 싶다 재만 남아도 당신과
맺어지는 사랑이라면 주저 없이 뛰어들리라

욕망의 격정 속에 빠져 허공을 맴돌며
가시밭길 헤맨다 해도 그대와 함께 하는
사랑이라면 불꽃 같은 사랑을 하리라

그리움에 몸부림치다가 세월 흘러
온몸이 불덩어리가 된다 해도 당신과
함께라면 그런 사랑을 택하리라

그대는 "이젠 만나자 해도 안 만날래."
한마디 남기고 떠난 후 전화 바꾸고
소식 감감하니 그리움 사무칩니다

그대가 심어준 꿈 실천하여 수필작가
시인 서예 초대작가 되어, 글 속엔 온통
당신 이야기로 꽃을 피워놓고 당신을
찾으면서 소식 올까 기다립니다

영영 못 만날 인연이라면 당신을 위한
최후의 작품으로 그대 이름 빛내어
보은(報恩)하리라

석별惜別

눈도장 찍고 눈에서 멀면 마음도 멀어진다
했으나 내 영혼 속에는 아직 당신이 미소
지으면서 살아 숨 쉬고 있습니다

쌓인 세월에 강산이 변했는데도 항구 떠난
배처럼 멀리 있어도 당신의 눈빛 뜨겁게
타오르고 있습니다

안 보면 못살 듯 다정하던 그대가 떠날 때는
쉬 돌아올 듯 하더니, 한마디 소식 없는
매정한 사람아, 오랜 원망과 기다림은
그리움으로 파도칩니다

만나면 그냥 기쁘고, 말하고 싶고, 나란히
걸으며 자연을 즐기면서 인생을 말하며
노래 부르고 싶은 사람아

만남의 세월은 반백 년이 걸렸는데도
이별은 이렇게도 순간적인가! 세월을
달리는 기차가 떠나기 전에 인연 닿아

기적 같은 만남이 다시 올까?
사랑하는 사람아, 그리운 임아…

제3부 산 따라 물 따라

알록달록 타는 단풍 길엔

바스스 부서지는 낙엽의 향수,

호숫가 억새꽃 길엔 소곤소곤 끝없는 속삭임,

임의 밀어 가슴 열고, 첩첩이 쌓여있던

회포(懷抱) 다 녹여준다

호반의호 별장

합천 호반에 포르르 나는 별장
저기 저 집에 누가 살까
궁금한 마음…

어느 날 풍문에
저 집 주인은 시인 부부 주말에
와서 원앙처럼 사는 집이라네

시인 부부 여기 와서
주말마다 꿈 펼치면서 산새처럼
오순도순 사는 둥지라네

집 앞 텃밭에는
무 배추 상추 고추 심어
수많은 손결 흔적 묻어 있건만…

야속하다
이 땅은 아직도 주인의
성실한 맘, 꿈 알아주지 않네

사자평에서

끝없이 파란 하늘 받쳐 이고
산들 바람에 나부끼는 억새꽃은,
파도치는 망망한 바다

파도 위로 날며 빙글빙글 돌다가
사뿐히 날아내리면,
피어나는 물안개 속,
날개 접고 숨어 앉아
파도 속에 잠기면 아늑한 둥지,
그 속에서 노는 물새가 된다

놀 빛 내려 곱게 타는 바다에
이대로 잔잔한 물결 속에 잠겨
깊이 잠들어 꿈을 꾸는 물새가 된다

야생화 다원에서

엇갈리기만 하던 두 사람
반세기 만에 기적 같이 만나,
야생화 다원에 앉아 청자다기에,
허브차 앞에 놓고 긴 이야기로
잔 채우고 비운다

차 우리는 향에
한 생의 회한(悔恨)이 한순간에 녹으니,
잔 들고 우리의 만수무강과
그녀는 우리의 영원한 우정을(다함께) 위하여,
잔 박는 소리가 가슴 열고
꽃으로 핀다

호숫가에 갈대숲 바라보며 숨어 우는
바람 소리. 소리에 흔들리는 갈대의 속삭임
정다운 임의 밀어

그 바람 타고 선녀와 나무꾼
꿈을 따라 하늘 날아올라
푸르름 끝없이 맴돌다가
하얀 구름 속에 머리를 묻는다

내 인생에 온 봄

산속에 안긴 산정 호수 눈에 품고
명경수 바라보며 호반 길 따라 돈다
굽이굽이 피어나는 환상의 숲길엔
명성산 바위 봉 경관 빼어나고,
숲속 호반엔 별장 하나 마음의 둥지

열리는 호반 길 따라가면 오는 경치 새롭고,
가는 경치 그리움 묻어난다
오르고 내리는 길은 인생길, 낭만 서린
오솔길엔 사뿐사뿐 따라오는 자국 소리…,

바위 고개 넘고 소나무 숲 지나가면
알 갈비 폭신폭신 솔향기, 굴참나무
숲속엔 다람쥐의 해맑은 눈빛,
미진도 한 점 없이 씻어준다

알록달록 타는 단풍 길엔
바스스 부서지는 낙엽의 향수,
호숫가 억새꽃 길엔 소곤소곤 끝없는 속삭임,

임의 밀어 가슴 열고, 첩첩이 쌓여있던
회포(懷抱) 다 녹여준다

호수 위에 떠 있는 오리배 하나
저 배타고 한없이 떠가는 선녀와 나무꾼,
하늘 날아올라 하얀 꽃구름 속에
깊이 잠들어 쉬고 싶어라

겨울 꽃동산에서

머리 위엔 파란 하늘 출렁일 듯
나무 끝엔 맴도는 찬바람 소리
팔공산 봉마다 나뭇가지엔 하얀
꽃 만발하여, 유리알처럼 반짝인다

천지가 꽁꽁 언 산속에
웬 꽃 이리도 화사하뇨
하얗게 핀 상고대 꽃송이들
춘삼월 봄이 온 듯

그 속으로 대학 동기 10여 명
함께 걸어가면 추위도 잊고
훈훈한 마음, 친구와 손잡고
기쁨에 취하네

환상의 나래를 펴면 낭만의 꿈속
천사들의 노랫소리 들려오며
지상천국이 눈에 열리네

채석강에서

햇살이 붉게 타는 낙조에
채석강 너덜바위 타고 걸어간다,
바위와 파도가 만나
아기자기하게 조각해
놓은 신비로운 천지가
활짝 열린다

세월이 쌓이고 쌓이면서
파도가 깎고 다듬어서 만든 조각품들
예술의 극치, 수만 명 석공들이 모여
수천 년 쫓고 다듬는다 해도,
저 신의 작품 같은 절경을 이룰까

채석강 바라보고 있으면
붉게 타는 놀 속에 하늘도 타고,
바다도 타고, 바위도 단층도 타는데,
그 속에선 내 마음도 곱게 타올라
여기를 떠날 줄 모르네

도성암 깊은 골에

관기와 도성 선사의 전설로 유래 깊은 여기,
하늘은 숲속에 호수로 열리고,
영롱한 신록은 동공이 따갑도록 눈부시다

비슬산 정기 모아진 이곳,
깊은 산 정적 속에 넘치는 생기 마시며
밀림 속 오솔길 걸어가면,
삶의 풍랑 고요히 잠든다

울창한 수목 헤치고 숨 가쁘게 올라
들꽃 향기 가득한 곳에,
숲으로 싸여 묘원처럼
아늑한
잔디원이 나의 둥지다

그 위에 누워 하늘 우러르면,
끝없이 흐르는 정적 속에 조각구름 한 조각
내 마음 싣고 흘러간다
솔바람 타고 실록의 신선한 기운이
몸속으로 차오르고

고난의 응어리가 녹아
삶의 향기로 피어난다

지금은 산

그는 본래 강 안에 있는 아름다운 섬
운명 기구하여 쓰레기 받은 천덕꾸러기
인적 끊어지고 새들도 피한 외로운 섬

긴 세월 쓰레기 쌓이고 쌓어 산이 되었지만,
아무도 오지 않는 외로움 속에 속 썩고 삭이면서
죽음의 고통 극복하고 신선하고 새롭게
탄생한 그

토한 날숨, 주목받는 자원,
죽음의 몸뚱이가 받은 고통의 상처는
큰 언덕으로 우뚝 솟아 명산이 되니,
생명의 씨앗 품어 아름다운 명산,
그의 품에 안기면…

서울 한강 변 풍경 한눈에 담겨
수만 인파 몰려와 가슴 열고,
정화된 마음, 돌아갈 때
손에는 산나물,
얼굴에 함박꽃 활짝 핀다

강

강이 흐른다, 내 마음속에 강 가슴에서
출발하여 콩팥 창자 심장으로 돌고
돌며 흐르는 그리움의 강은 얼마나
흘러가야 멎을까

세월의 강은 흘러가는 길은 종착역으로
달려가고 있건만, 그대 향한 내 마음속
강은 언제 가야 흐름이 끝이 날까

너에게 나 전생에 무슨 빚 많이 졌기에
이승에서 다 갚지 못해 그 빚 청산 위해
기약도 없는 세월, 이 한밤에도 너를 그린다

한때나마 뜨겁게 불태운 우리의 우정이
불장난이 아닌 진정이었건만 제자리로
돌아간 너 어떻게 지내는지

세월의 강은 흘러 종착역 가는 길, 서산엔
노을 지는데 내 마음속 그리움의 강은
언제 가야 흐름이 멎을까

구만산 계곡에서

마음 주고받는 친구 이십여 명
바위 절벽 쇠줄 잡고 올라 철다리 건너가면,
아슬아슬한 긴장 감돌아 파란 하늘 위로
둥둥 떠 오른다

바위 속엔 청옥빛 물 하얀 구슬 쏟고
파란 소(沼)에 고인 물은 물마다 거울일레
그 속에 잠긴 얼굴 씻은 듯 청산, 바위, 푸른하늘,
흰 뭉게구름 조화(調和) 이뤄 한 폭의 수채화,
조용히 바라보면 마음마저 비쳐 올 듯

선녀탕 지나가면
선녀와 나무꾼 놀던 바위 외롭고,
어디선가 노랫소리 들려올 듯
산 넘어가면 아득한 절벽,
기암 사이로 쏟아지는 물줄기,
비단 천을 내린 듯,
소용돌이 치는 물소리 산을 울리고,
파란 소(沼)위엔 쏟아지는 은구슬…

거울 속엔 미역 감는 저 선녀들
여기 선 채 돌이 되어 지키고 싶구나

탄천에서

저승사자가 삼천갑자 동방삭을 잡으러
가니 하도 잘 피하여 점을 쳤더니, 어느
강가에 가서 숯을 희도록 씻으라 했다

지나던 과객이 "숯을 왜 씻으시오."
"이 숯을 희도록 씻는답니다."
"내 삼천갑자를 살았어도 숯을 희도록 씻는
놈은 네놈밖에 못 보았다." 하여 잡았다는
전설 가진 탄천…

상현달이 아파트 벽 찌르는 고요한 밤,
정적 속에 여울 소리 들으면서 바람 따라간다
갈대는 끄덕끄덕 인사 올리고, 귀가에
소곤소곤 밀어는 임의 메아리,
탄천 따라 걸으면서 노래 불러라

밤은 깊어 인적도 끊어지고, 별빛 초롱초롱
친구 되어 함께 간다 바람 맑고 상쾌한 밤, 다정한
벗과 이대로 멀리멀리 밤새도록 걷고 싶어라

주전골

설악산 주전골 바위 난간 쇠줄 잡고
계곡 따라가면, 청옥 빛 수정물,
바위 감고 구슬 쏟고,
용소(龍沼)에 고인물, 굽이굽이 거울일레

거울 속 잠긴 얼굴 봉봉이 새 옷 입고
알록달록 타는 절경, 불나서 타오르니
황홀경에 사로잡힌 눈 떼지 못하네

철다리 건너면 굽이치는 길
아기자기 열리는 신비경에 쏟아지는 십이 폭포…
그 아랜 선녀탕, 텅 빈 만 평 무대

선녀들은 다 어디로 갔나,
오늘은 우리 형제자매 그리운 사람들만
선녀 신선되어, 바위 타고 황홀경 맴돈다

산정山頂에 있는 호수

여긴 한라산 정상, 백록담에 들어서니
무릎에 찰랑대는 물속에 비친 내 그림자
하얀 조약돌, 고뇌에 찌든 때가 봄
눈 녹듯 사라진다

하늘 날아오르는 맘, 손발 얼굴 머리
잠그니, 물은 연잎에 구르는 듯 매끄럽고,
살결과 머리카락은 기름독에 빠진 듯
반짝인다

화산 속에 숨어있는 조화일까, 새 세상에
탄생한 아담과 이브가 된 듯,
온 세상이 신기하고 경이(驚異)롭다
수만 년 전 꿈속을 가는 듯…

호반湖畔에 누워

아득한 옛날엔 불을 뿜던 화구(火口)
지금은 청정한 호수, 바지 걷고 들어
가니 무릎에 찰랑이는 명경수…

마음까지 비칠 듯 맑고 매끄러운 물에
세수하고 머리 감은 후 호반에 갈대 처럼
억센 억새 속에 네 활개 펴고 누웠다
어느 깃털 침대가 이보다 더 포근하랴…

하늘 날 듯 상쾌한 몸과 마음은 안으로
깊이깊이 가라앉으며, 들끓던 고뇌와 마음
고요히 잠들며 안온(安穩)하다

화구에 불이 꺼진 지 수억 년이 지났건만
화구 주변에는 나무 한 포기도 없다 이 무슨
신비의 조화(造化)일까, 무성한 억새 속에서
도 솔솔 풍기는 야생화(野生花) 향기…

하늘은 더 푸르고 맑은데, 어디서 왔을까
하얀 티끌 한 점, 조각배 되어 내 마음 싣고
어디론가 붕정만리 흘러간다 먼먼 적멸의 세계로
잦아들 듯, 나는 꿈속에서 눈을 감는다

한라산의 신비

구름 한 점 없던 하늘이 어리목 산장에 도착
갑자기 짙은 안개 속에 산은 눈물 쏟는다
천둥과 비바람 수없이 변하는 날씨의
변덕, 혈망봉 정복의 꿈으로 고통 삭이면서
안내자 형체만 따라서 올라 정상에 섰다

쏟아지던 빗줄기도 멎고 맑아지는 듯하더니
온 천지가 다시 캄캄한 칠흑 장막
한라산은 변덕쟁이 여인…

기다리며 가슴 조인 긴 시간, 하산하려던 찰나
한 줄기의 빛이, 천지를 열고 명산의 정상이
물안개 사이로 천하절색 나신을 드러낸다

동으론 백록담이 푸른 하늘 담으니 태양은 웃고,
서편엔 뭉게구름의 조화(造化)로 천태만상의 만 첩 봉
발아래 조아리며, 별천지를 이룬 저 구름의 세계…

산을 오를 때 날씨는 그렇게도 눈물 쏟고 포효(咆哮)하며
변덕을 부리더니, 저 신비의 예술을 창조하기 위한

산고(産苦)의 진통이었음을 이제야 깨닫는다

구름은 변화무상한 요술쟁이요, 변덕쟁이 여인…
수만 갈래 높고 낮은 봉우리와 무궁한 구름의 조화(造化)
캄캄한 지옥에 갇혀 타던 가슴 한순간에 열며
진귀한 것은 쉽게 얻을 수 없다는 진리를 깨닫게 한다

신천

대구 신천은 나의 애인
자나 깨나 보고픈 절세가인

한때는 문둥이 추녀, 잡초
우거진 속에 들어가면 개똥
소똥 사람 똥 온갖 쓰레기장

지린내 구린내 악취 진동하는
버려진 여인, 새들도 꺼린 곳
여름방학마다 학생 동원하여
불볕 땡볕에서 잡초 뽑고, 똥치고…

고사리손으로 가꾸고 다듬어
역사가 수차례 바뀌어 신천 둔치엔
갈대, 부들, 여뀌, 물풀 우거져
잠자던 땅속에도 생명체가 살아났다

그 옛날 열목어 버들치의 고향,
떠났던 송사리 피라미 붕어 잉어 떼가
돌아와서 신천은 살아 숨 쉰다

몇 번을 다시 태어났어도 사랑받지 못하던
한 여인 이젠 새신부로 태어난 만인의
애인 날마다 구름처럼 모여든 인파의 행렬들,
신천은 삶의 희망 넘친다

홍류동 계곡

해인사 들어서면 상쾌한 물소리 바람 소리,
노목터널 속에 스머드는 햇살, 반짝이는
잎새, 생기 이는 오월의 신록이어!

그 속에 청옥빛 계곡물
무엇 그리 급하기에 저리 바삐 흘러가나
너나, 나나 한 번 가면 다시 오지 못하니

인생도 무상, 세월도 무상인 것을…
투명한 거울 속엔 돌과 바위
모양도 올망졸망 빛조차 고우니, 오늘은
나와 너 유유자적, 쉬엄쉬엄 가자꾸나

깎은 듯 절벽 위론 매화산 기암괴석
바위봉들 파아란 하늘이고 하얀 구름 쓰면
봉봉이 소금강산…
그 속에 대나무인 듯 곧은 적송, 솔바람
불어오니, 내 마음은 창공을 훨훨 날아오른다

낙동강

황지연못 고인 물은 한 술잔의 물줄기
솟는 물 안 보이나, 졸졸졸 흘러넘쳐
지금은 가냘프지만 큰 강으로 자란다

그 물길 흘러가며 접시 물 받아 모아
힘 커지면 바위 뚫고, 산 막으면 돌고
돌아 낙동강 젖줄로, 황금 옥토 낳는다

그 성질 거스르면 부수고 다 쓸지만
다듬고 보살피면 자비로운 내 어머니
4대강 다듬는다고 원망 말고 가꾸자

프랑스의 세느강 부러워 하지 마라
낙동강 나루마다 강의 문화 꽃피우면
우리 강 세계에서도 아름다움 으뜸되리

봉정암의 샘물

온통 바위산 깎은 듯
암벽 난간 깊숙한 곳에
동굴 하나 찬바람 한없이 토한다

그 속 암반 깊은 틈 사이로
퐁퐁 솟아나는 맑은 샘
그 샘물 한 쪽박은
정화수(井華水)처럼 신선한 생명수

한여름 타는 갈증 씻어주고
마음속 진애(塵埃)를 말끔히
녹여 청정(淸淨)하고 상쾌한 마음

마시고 또 마셔도 맑은 그 맛
지금도 산길 가다가 목이 타
쓰러지기 직전 한 쪽박은 생명수
생각나는 그 샘물…

감노주減老酒

설악산 양폭 산장에서 새벽밥 지어 먹고
천불동 계곡에서 일출 맞으니
구름 사이로 나오는 해가 천상의 선녀…,

오련 폭포와 기화요초(琪花瑤草) 계곡
수려함에 황홀한 맘 해와 속삭이면서
정신없이 걸었더니, 온몸은 땀으로
젖고 갈증에 탄다

설악동에 이르니 11시, 배가 출출
쪼록쪼록 소리 내어 울기에
동동주 집에 들어가서 자리 잡았다

사십 대 미모의 주모가 눈빛 주고
미소 지으면서 낱알이 동동 뜨는 찰강냉이
동동주 두 되들이 한 주전자를 내놓았다

삼총사 사발 잔에 부어 무사 산행 건배 후
쭉 마시니, 오장육부가 사르르 녹으며
달콤하면서 입에 톡 쏘는 독기 서린 그 술맛…

조령鳥嶺 옛길에서

칠월 불볕 따가운 오후 산새 소리 고운 옛길
산자수명(山紫水明)한데 마시고 싶도록 파란 하늘
산정엔 솟아오른 하얀 구름…,

석천(石川)계곡에 파란 물, 바위 차고 부서져
은구슬 철철철 물소리, 의복 활활 벗고
뛰어들고 싶어라

울창한 수목 사이로 환한 길, 가슴 열고
품 안엔 스치는 상쾌한 솔바람
세속(世俗) 번뇌 말끔히 씻는다

과거 보러 가던 선비님들 외로웠던 이길
산 도적이 나타났던 무시무시한 길,
오늘은 남녀동료 오순도순 얘기 속에
낙락장송 우거진 숲을 지나, 물소리가
산 울리는 계곡 길 따라간다

매미 쓰르라미는 요란히 우는데
아름다운 산새들은 다 어딜 갔는지

오늘은 새소리도 전혀 들을 수 없구려…

청산의 호연지기 듬뿍 마시고 열린 가슴에
용솟음치는 사랑, 산 보고 구름 보고 소리쳐 부르니
산 메아리만 멀리멀리
울려 퍼지다가 돌아온다

정자나무 아래서

보경사 계곡 산마을 외진 곳, 느티나무 노송
어우러진 정자 밑, 봇도랑 물 콸콸 넘쳐흘러
가니, 고추잠자리 물잠자리의 천국

정자 아래 누우면 느티나무 잎새 살랑살랑
춤추고, 다람쥐 나무 타고 재주 부리면
꾀꼬리 날아와서 노래 부른다

귀 세우면 갈대의 속삭임 흐르는 물소리가
세속 번뇌 씻고, 발 뻗으면 흐르는 물
발 마사지로 온몸이 사르르 녹는다

오가는 사람 없어 구름 보며 웃고, 맑은 바람
마시면서 즐기며, 산새들과 친구 되어 말하네

밤 되면 별장에 숨어드는 별과 조각달,
구름도 흘러가고 인공위성도 지나가고
유성은 긴 꼬리를 달고 최후를 맞는다

캄캄한 갈대숲 속에서 나는 자국 소리에 두 귀
쫑긋 세우면 계곡물만 곱게 자장가 불러주고
아무도 오지 않는 고요한 정적…

화왕산에서

파란 하늘 이고 중학 동기 친구
오순도순 산을 오르면, 삼림욕장
놀이기구들 손짓해 부른다.

기암 바위봉은 와르르 무너질 듯
짜릿한 전율에 끝없는 희열

가는 길 굽이굽이 빨갛게 익은 감
소담스럽고, 알록달록 타는
단풍의 행렬에 놀란 끝없는 탄성…

산마루 올라서면 가슴 활짝 여는
산성에 광활한 평원, 온 산이 억새꽃
은빛에 햇살 받아 눈부시네

그 속에 소곤소곤 들려오는 임의 밀어
촉촉이 젖는 가슴, 끝없는 기쁨에
환호하며, 다정다감…

산들바람 사르르 불면 하얀 파도 치며

출렁이는 물결 속으로 옛 생각 따라가면
끝없이 열리는 오솔길 굽이굽이 촉촉한 땅
흙 내음 풀꽃 향기…

산정에 우뚝 서면, 가슴은 뻥 뚫리는 바다
마음은 끝없이 열려 파란 하늘을 달린다
내려다보면 온 천하가 발아래 엎드리고,

이 봉 저 봉은 지호지간, 소리쳐 부르면
메아리 돌아오며, 저쪽 산 나무들이
꿈틀꿈틀 쫓아올 듯

이산에서 야호! 야호! 소리쳐 부르면
저 산에서도 야호 야호…
이산에서 산아! 산아! 소리쳐 부르면
저 산에서도 산아, 산아…
목청이 터지도록 불러본다

돌아보면 오십 년 세월 그리운 얼굴들
환한 미소 속에 정이 무르익는다

구절초

죽어서 다시 태어난다면, 구절초로
태어나 승가사 가는 길가에 피어
오가는 사람 지키리라

곧 겨울이 온다는 것도 알지만
구절초로 태어나 다음 삶 산새와
즐기면서 가을 산을 수놓으리라

북한산 승가사 가는 길목에 피어
산속에 오는 외로운 손님들 마음
보듬어주는 친구가 되리라

아무도 오지 않는 날은 옛 생각에
잠겨 목 길게 빼고 무한정 기다리고 싶다
옛임이 여기 올는지…

먼 먼 추억 속에 반세기 만에 만나
지기지우(知己之友)가 되어 여기서 만나
사랑을 꽃피운 첫사랑 그녀를…

제4부 반성과 깨달음

좋은 세월 다 지나가고 산수를

맞으니 삶의 끝자락도 보이고

거친 손 주름진 얼굴 애처로워

가슴 젖어 강이 된다

신년 새 아침

동해에 목욕하고 막 나온 햇님
산 넘고 물 건너와서 동산 위에
방실방실 앳된 얼굴 고운 햇님

환하게 웃음 짓고 첫인사 올리면
햇살같이 밝아오는 마음속엔 새해의
꿈과 희망 가득 차오른다

활짝 열린 머릿속에
새날의 새 일들이 줄지어 떠오르며
차곡차곡 머릿속에 쌓인다

해를 더하면 마음은 착잡하고
침울하건만, 할 일 기다리는 나에겐
올해도 새날이 새로워 꿈이 부푼다

어머니의 눈물

어머니는 눈물 씨앗을 자식 가슴에
묻어, 별을 만들려고 온갖 노력과
고통을 마다하지 않는다

그 씨앗은 벅찬 긍지로, 애타는
그리움으로, 아린 아픔으로 자라,
마침내 빛나는 별이 된다

검은 그림자들아 쫓지 말라, 먹구름이
빛을 가리듯, 눈부신 별을 빛 바랜 별로,
그 별을 또 아픈 눈물로
만들려고 하지 말고 멀리 떠나라

어머니는 캄캄한 암흑 속에서도
조용히 눈물을 자식 가슴에 심어
그 별을 또 마침내 태양으로 만든다

당신은 나의 슬픔

하늘은 끝없이 열린 호수, 광야는
황금빛 파도, 바람은 맑고 상쾌한데
함께 놀자 부르네, 당신은 저가야
한쪽에 우뚝 서 있는 나의 마돈나

그대 색동옷 갈아입고 손짓하며
한없이 유혹하네, 절뚝거리는 나의 삶
다가서지 못한 채 당신을 사모하는
가슴 무너진다, 이젠 당신은
나의 영원한 슬픔…

그대를 사랑하는 인파의 물결 당신의
향연 속에서 춤추며 가슴 속에 타는
불꽃 잠재우고 속세를 떠난 미소로
가을 열매처럼 익어 영롱하게 빛난다

나 홀로 속물로 남아 멀리서 당신을
하염없이 애모하면서 화려했던 먼 옛날을
생각하고, 아픔 씹으며 통곡한다

둥지를 나서면서

강산이 수차례 변하도록 한 울타리
안에 갇혀, 도마처럼 흔적을 새겨놓고
교문을 떠나던 날, 북받치는 슬픔이
봇물처럼 터집니다

교정(校庭)에 들, 고양이들까지도 이젠
집괭이처럼 귀엽고 깨물면 하나같이
아픈 손가락으로 다가와 가슴
돌 위에 놓고 찧는 듯 아립니다

함께 얽혀 있으면 냉가슴도, 봄 동산에
눈 녹듯 녹이던 동료님들의 뜨거운
포옹이, 가슴 메도록 그리워 옵니다

떠나면 돌아올 수 없는 길이기에,
보이지 않던 일상의 도구들이 하나하나
손때 묻은 자국으로 다가와, 떠나는
발길 멈추고 돌아보고 또 돌아봅니다

죽음 직전에서 내가 구한 젊은 히말라야
시다들도 이젠 고목이 되어, 슬픔 가득한
얼굴로 손을 흔들어서, 풍랑 이는 바다로
향하는 외톨이 목이 메어, 가던 길
걸음마다 멈추고 돌아보고 또 돌아봅니다

길 잃고 헤매다가 찾은 길

할아버지 먼 길 가시니, 정표도 없이 그냥
따라가다가 길을 잃었다 태양을 잃었으니
어디로 가야 할지 캄캄한 밤 방향도 없이
갈팡질팡 헤맨다

내 나이 겨우 12살, 진창에 빠져 넘어지고
엎어지며 허우적거리다가 일어나서
나의 길 개척하며 간다 방향도 없는 길,
가다가 막히면 돌아서 가고, 갈림길
만나면 어쩔 줄 몰라 우왕좌왕하다가
바른길 찾아간다

가도 가도 먼먼 길, 산 넘어가면 이상 세계로
먼 곳 불빛 향해 끝없이 간다 수없이 좌절하고
넘어지면 일어나서, 마음 다지면서
길 찾아간다

천파만파 겪은 후 인생 말년에 찾은 나의 봄길
문학과 서예, 문인화는 내가 가야 할 숙명의 길
할아버지는 내게 아홉 살에 붓 잡게 하고

시조 백 수 책 사주시면서 한시 창 하시고
내게 꿈을 심어주셨다.

이제부터 가는 길은 희망의 불빛 바라보면서
가는 길, 순탄하고 기쁨 넘치나
꿈을 이루기엔 머나먼 이상 세계…
과욕 부리지 않고 순리대로 차분히 정진하리라

어머니와 아버지

꽃이 진 자국에는 열매가
영글어 가는 밤, 박꽃같이 아름다운
생전에 임의 모습 그리움으로 피어난다

마당에 멍석 깔고 모깃불 피워놓고
누워서 추억의 책장 넘기면 쏟아지는
별과 함께 다가오는 소쩍 소리에도
임의 목소리 듣는다

세월의 나이테가 쌓여갈수록
꿈에도 잊지 못해 밀려오는 파도처럼
지난날 향기 그리워 자주 찾는 고향 집

동생이 살고 있는 옛집에는 동생은 먼 길
떠나고 제수씨와 질녀는 들에 갔는지
빈집엔 대문에서 기다리시던 어머니와 아버지의
옛 추억만 그리움 솟는다

내가 심은 배나무 고목 가지마다 옛 추억만
주렁주렁 열려 "너 오느냐?" 반기시던 임
이젠 아무 말씀 없으서라

나의 집 신발장

한때는 그 속에
크고 작은 신발들이 나의
사랑으로 가득하게 차 있었다

내 아이 삼 남매의 신발
조카 질녀들 남동생 친척
고향 동네 아이들 신발까지

이젠 그 신발들 제자리 찾아가고
언제 떠날지 모르는
남은 신발 두 켤레 놓여있다

아끼던 신발들 말짱해, 버리지
못하여 한곳에 모아둔 찌그러진
신발들이 내 얼굴이다

그 앞에 서면
회상의 날개가 펼쳐지면서
나의 군상(群像)들이 삶의
모습으로 필름처럼 돌아 나온다

당신의 뒷모습

당신의 고운 자태
옛날엔 몰랐건만, 지금 와서
돌아보니 진흙 속에 진주일레

당신의 속 깊은 줄은
헤아리지 못했는데 쌓은 일
돌아보니 나에겐 넘치는 사람

당신의 참된 조언
옛날엔 귀먹어 들을 줄 몰랐는데
지금 와서 생각하니
구구절절 옳은 말씀

부모님 잘 섬기고 형제간엔
우애 지켜 오순도순 사는 정은
모두 당신 덕분임을 이제야
가슴 깊이 깨우치네

좋은 세월 다 지나가고 산수를
맞으니 삶의 끝자락도 보이고

거친 손 주름진 얼굴 애처로워
가슴 젖어 강이 된다

맛있게 먹자

이 세상에는 먹는 것도 많지만 이처럼 똑같은 게
또 있을까 하늘이 나누어 주는 햇살도
그늘진 곳이 있고 양지가 있어 똑같지 않다

하늘에서 내리는 비도 골고루 나누어 주지 않고
쏟아지는 곳은 산천이 둘러 꺼지고 비를
주지 않는 곳은 큰 나무들이 말라 죽는다

이것만은 조물주가 만든 모든 삼라만상에게
똑같이 나누어 준다 연년세세 지나가면서
기력도 쇠잔하고 먹는 것도 귀찮고 싫어도
안 먹을 수도 없어서 먹는다

안 먹는다고 줄거나 가만히 있지도 않고
배가 고파 굶어 죽지는 않지만, 어쩔 수 없이
주는 대로 자꾸 먹는다

허리며 골반이며 무릎뼈까지 삐걱거려 이젠
버겁고 무거울 때도 되었건만, 아직은 체중을
느끼지도 않고 견딜 만하다

먹는다는 것은 그저 숫자에 불과할 뿐
안 먹고 안 되는 일이니 이왕 먹을 바에야
맛있게 먹고, 즐기면서 먹자

승일교

남북 분단의 한이 한탄강에
굽이굽이 서리어 네가 탄생했느냐

출생부터 너는 기구한 운명
네 부모 반은 국군, 반은 인민군
너는 남북의 이산가족

탄생이 그렇듯 네 이름도 수난
많아 떠돌고 떠돌다가 바뀌고
또 바뀌어 남북이 하나 되어
탄생한 그 이름 승일교, 너의
책무 무겁구나…

네가 탄생하여 남북을 이은 지도
환갑 진갑 지났으나
남과 북 사이에 가로 놓인
철옹성 굳게 닫혀 오가는 이
없으니 묻는다 너에게
언제 가야 너를 통해 자유
왕래하려는지…

한 줌 낙엽 되어

이젠 빛을 잃었다
난 향기 속에서 밤을 지내던
화려했던 꿈, 기쁨도 다 사라졌다
가슴 속에 피었던 난꽃 도지고,
꿈도 희망도 다 버렸다

한 줌 낙엽 되어
방향도 없이 바람 따라 구름 따라
흘러가다가 어디론가 사라지리라
한 줌의 낙엽이 나무들의 생명 되어
이슬로 사라지듯 그렇게 떠나리라

가는 길이 얼마나 험한지, 얼마나 먼지,
어디로 가는 지도 모르지만
죽은 듯 살다가 아무도 모르게 떠나가리라.
선인(先人)들이 그렇게 갔듯이,
나도 그렇게 떠나가리라

가면을 벗기다

나의 안을 들여다본다 탐욕에 가려
아무것도 보이지 않는다 세상은 온통
황금으로 보여 형제자매가 돈 모아
땅 사서 희망을 묻어놓았다

수십 년이 지나도 나는 빈털터리다
채워질수록 욕망은 끝없이 욕망을 낳고
갈증은 더 심하다

탐욕의 진창에 빠져 형제들은
양심도 의리도 가려져 재산을 두고 눈앞이 흐려,
변심하여 다툰다

오래 쌓아온 우애가 한순간에
무너졌다 긴 세월 다독이면서 고뇌했지만
형제가 철천지원수가 되려는 순간
한 줄기 빛을 본다

내 탐욕의 가면을 벗고 가진 것 다 베풀어 주었다
나의 작은 본 모습이 이제 보인다

무소유가 행복이란 말씀 깨달으니,
이제 한없이 평화롭다

가을 산에 올라

단풍나무 숲속에 서면
어지러운 세상눈 감으니 상상의
나래 펼치면서, 단풍처럼
고운 마음으로 보는 세상은
고운 것만 보니, 아름답게 보이고…

귀 막으니
어지러운 소음 잠자고
세상의 소리도 황홀하게 들리네

가진 것 버리니 임자 없는 자연은
다 나의 것, 텅 빈 마음엔
우주가 내 것인 양 가득 찬다

산정에 올라 저녁놀 바라보고 서면
낙조가 다음날 일출로
승화(昇華)하여 떠올라 빈 가슴에
꿈과 희망 가득 차오른다

이슬

연잎에 진주알이 옥쟁반에 요정 같아
방울방울 조르르 사뿐사뿐 춤을 춘다
내 마음 저 구슬 되어 둥글둥글 살고파라

투명한 저 구슬 하늘이 내린 선물
청옥 빛 맑은 물에 마음 씻고 몸 씻은 후
알알이 정성 다하여 곱게 곱게 따 모았다

금동이에 차곡차곡 넣어서 두었다가
사월 초파일에 옥쟁반에 받쳐 들고
부처님 앞에 나아가 은전 보시해 볼까

기다림

추억이 깃든 서울 어느 길
오가는 사람 수없이 붐빈다
기다리는 사람 여기로 올 것만 같아
지나가는 사람도 눈 떼지 못한다

먼데 올 때는 너무도 닮은 사람
가까이 오면 낯선 사람,
몇 번을 실망해도 사람만
나타나면 희망의 눈빛 반짝반짝
가슴은 두근두근…

누구를 몹시 기다리는 것은
언제나 설렘과 지상(至上)의 행복
산수가 지난 이 나이에도

묵默

가슴에 멍든 밀 한마디는
바위에 새기고
이젠 기억조차
아스라이 사라져간다

기다리는 그분은
죽었는지 살아있는지
소식조차 감감, 묘연하니

그래도 못다 한 말은
강물에 띄웠더니
바다로 흘러가서
한(恨) 많은 섬이 되었다

세간에서 애틋했던 정은
상사화로 피어나고
그가 묻힐 무덤가엔
천년 바위가 침묵으로 서 있다

깊은 산속 돌샘

깊숙한 바위틈이 찬바람 한없이
토한다 돌샘에 고인 물은 투명한
거울일레, 거울 속에 잠긴 얼굴
봉봉이 기암(奇巖)일레

그 속에 잠긴 마음 티 없이 깨끗하다
돌샘은 언제나 나의 이상(理想)
돌샘에는 내 마음이 비친다

근원이 장대하여 항상 넘치는 물
흘러가면, 새 물 되어 길손도 다람쥐도 마시고,
목마른 자에게는 생명의 물

퐁퐁 솟아올라 돌돌돌 흘러넘쳐
언제나 새롭다. 티 없이 둥글둥글
내 남은 생(生) 그렇게 살아가리

제5부 산 따라 절 따라

오는 세월 또 얼마나 많은 인파가

몰려 와 행복을 빌까,

임의 법력 무한하시니,

억겁이 지난다 해도

그 위용은 영원불멸하리라

토함산 대불 1

동해 해 뜨는 곳 바라보며 토함산
정상에 정좌한 대불, 천년 사직을
가슴에 품고 조국의 안녕을
지켜 온 임이시여!

임의 모습 볼수록 거룩하니, 화안(和顔)엔
평화 입가엔 미소, 몸에는
피가 돌고 살 냄새…

미명의 새벽 동해에 해 뜨면,
여래의 두 눈엔 예지의 안광이 일고,
그 빛 누리에 퍼져 중생들의 가슴마다
번뇌 씻어 평화의 물결 강 되어 퍼져간다

토함산 대불 2

그 옛날 어느 도공 신의 부름 받아
토함산 정상에서 억센 돌 화강암을
얼마나 오랜 세월 쫓고 다듬어 갈고 닦아,
영험한 혼 불어넣어,
저토록 위대한 모습 예술의 극치…

임 앞에 서면 근엄한 마음 사람마다
고개 숙여 경배하노라 수천 년 세월
지나온 동안, 얼마나 많은 인파가
그 앞에 무릎 꿇고, 행운을 빌었을까

오는 세월 또 얼마나 많은 인파가
몰려 와 행복을 빌까,
임의 법력 무한하시니, 억겁이 지난다 해도
그 위용은 영원불멸하리라

거목 단지에서

미국 요세미티공원엔 온 산 가득
울창한 숲, 대나무인 듯 곧은 나무가
하늘 찌르건만, 대나무가 아닌
소나무, 측백, 편백, 전나무들이다

얼마나 비옥한 땅이기에 묘를 부린 듯
대마밭처럼 서 있건만,
다섯 명이 안을까, 열 명이 안을까

온통 껍질은 벗겨진 알몸인데도
의연히 살아가는 측백과, 편백들
밑둥은 불타 반만 남았건만
울창한 나무들은 불사신…

긴 여름 비 한 방울 오지 않는다지만,
나무껍질 위엔 파란 이끼…
온 산에 나무들은 쑥쑥 자라
거목으로 가득 차 신비스러워라

산은 마음의 고향

낙조에 산에 오르니 촉촉한 땅에
울창한 수목들은 반짝반짝 빛나면서
넘치는 생동감 몸속으로 스며온다

산을 넘는 태양이 달 같이 되면
노을빛으로 타는 서쪽 하늘 산도,
들도, 숲도, 내 마음도 곱게 탄다
산은 내 고향, 어머니의 품속…

황혼이 내리며, 적막이 흐른다
동녘 하늘 위엔 떠오르는 둥근달
고요한 산속 은은한 달빛 속은
언제나 오던 길, 와병 후 오랜만에
걸으니, 모두 새롭고 아름다워라

빤하게 열리는 길 굽이굽이 울창한
푸른 숲, 고운임 그 속에 숨었다가
뛰어나올 듯 마음 사로잡는다

청청한 하늘에는 아늑한 달빛,
열리는 시야엔 환상의 불빛,
오랜 기간 병마에서 벗어난 기쁨,
오늘은 밤새도록 저 달과 함께 걷는다

북한산 승가사 1

승가사로 가는 길은 청옥 빛 계곡물
따라가면 마음까지 비쳐온다

바위 사이로 흐르는 물
청정한 물소리와 하얗게 부서지는 포말 속에
세속 번뇌가 녹아 사라진다

연초록빛 수풀 속엔 풀냄새, 들꽃 향기…
수목 속엔 고운 산새들의 교향악
청산도 말없이 우릴 위해 춤을 춘다

녹음 속엔 통나무 의자가
쉬어가라 하여 반세기 만에 만난 지기의 벗
마주 앉으니, 처음 눈빛 주며 얘기
꽃 피운다

다람쥐 비둘기 산까치 방울새도
우리의 재회를 환영하는 듯
재잘재잘 친구 되어 재롱떤다

오늘은 그대와 나 하나 된 맘,
저 푸른 하늘 훨훨 날아오르면서
이 기쁨 영원하소서, 신령님께 빈다

북한산 승가사 2

계단 길 올라서면 승가사 단청 곱고 아름답건만,
대웅전에 오르니 비구니스님들은 다 어딜 가셨나
바람도 잠이 든 듯 고요한데,
나그네 임과 함께 불상 앞에 다가가서
합장 묵례 올렸네

승가사 뒷문 돌아서니 위론 아득히 보이는 계단 길,
오르는 자국마다 번뇌 털고 깨우침,
천 계단 위론 바위 봉에 새겨놓은 마애불,
성자처럼 우뚝하다

처다보니 파란 하늘 하얀 구름은 꽃으로 피는데,
살포시 눈 내리고 합장하면 보살의 미소에 고요한 마음
무념무상(無念無想)…
이대로 여기 선 채 돌이 되고 싶구나,
아! 여기가 극락인가…

화왕산의 고가古家

깊은 산 속 고색창연하고 아담했던
기와집 허물어진 담장 넘어 소슬바람
스쳐 가고, 빈집은 잡초 속에 나리꽃만
뜨겁게 피고 진다

화사한 봄 뜰, 고목 가지에도 살구꽃
피어 꿈같이 곱게 타던 날은, 저기 저집엔
어느 천사 살까 선망의 집이었다

주인 떠난 빈집만 주검처럼 누워있어
먼 생각에 개울가에 나와 앉으니, 산뜻한
초사흘 달이 먼저 와 앉아서 울울함 걷어놓고 간다

억새꽃 길

소나기가 지나간 능선 위로 햇살에
눈부신 억새꽃, 파란 하늘 담고
산들바람에 사르르 부서지는 은파(銀波) 속으로
옛 생각 따라간다

외줄기 오솔길 끝없이 벋어나며,
그 속에서 소곤소곤 귀에 익은 속삭임
임의 밀어에 촉촉이 가슴 젖고,
저 고개 위론 하얀 길엔 신기루…

가는 길 굽이마다 돌길,
가시밭길 헤치면서 넘어지면
일어나 산마루 올라가면,
고운임 기다릴 듯

온몸엔 상처로 산정 올라 산 넘어가니,
머리 위엔 억새꽃,
아무도 없는 빈산에 타는 저녁노을…

기기암

팔공산 동쪽 기슭
동남으로 열린 암자에 봄이 불붙으니,
땅속 병아리 부리들이 눈뜨는 소리에,
벚나무가지에 꽃망울 놀라 화들짝 눈 뜬다

아늑한 골짝 계곡, 산 능선마다
진달래도 산불 붙어 활활 타건만,
아담한 새 암자엔 참선 중 정적…

쾌적한 사원 뜰엔 배나무 한 그루
가지마다 한 줄기 춘심,
저 위에 둥근달 뜨면
낭만 절정 더하리라

동쪽 하늘 불그레 해가 돋을 무렵
산새 소리 재록재록 울리는 여기 서해
맑은 정신으로 책 속에 빠져들면,
머릿속에 쏙쏙 만 권 독파할 듯

무진정 無盡亭

동정문(動靜門) 들어서면 무지개 아치 다리,
연못 가운데로 이어져 만난 팔각정
물 위로 솟아올라,
하늘 위로 포르르 난다

저 하늘 저 물은 옛날처럼 아름다운데,
주인 잃은 연못가엔 잎진 고목들만 빽빽이 에워싸고
그 옛날 화려했던 역사를 묵묵히 일러주네

석양에 해 기우니 달 같은 태양이,
수면 위로 내려와서 놀 진 하늘,
연못 가득 담기네

그 속에 하늘과 구름, 정자와 고목들만
물속에 어우러져 한 폭 동양화…
가던 길 멈춰 선 채, 나그네 혼자 지킨다.

무진정: 1567년 무진(無盡) 조삼(趙參) 선생의 덕을 추모 하기
위해, 조삼이 여생을 보낸 이곳에 세움. 자신의 호를
따서 지은 정자의 이름을 무진정이라 함

풍경소리

비봉산(飛鳳山) 대곡사 깊은 밤
저렇게 피멍 들도록 몸 으깨어
울리는 종소리 멀리 울려나간다

동그랗게 퍼져 가는 생명의 파장(波長),
가다가 한 생명 끊어지면
다른 생명 밀고 들어와서 소리의
한 생(生) 잇는다

그 파장(波長) 사방으로 퍼지다가
다시 하나로 뭉쳐서 의미를 부여하면,
탄생하는 소리, 땡그랑…

맑고 깨끗한 한 생(生)의 영원을
각인하는 간절한 염원인 듯,
내 가슴 저미도록 깊게 울린다

봉정암

어느 분의 예술인가, 저 암자
와르르 무너질 듯 절벽 아래
청기와집 추녀 하늘 날아오른다

병풍바위 둘러선 큰 바위 작은 바위
수목과 조화 이뤄 한 폭의 동양화…

바위에 새겨진 무수한 자연무늬
불상이요 부처님 말씀,
산이 울리는 묵직한 염불,
해맑은 목탁 소리,
내 귀를 뚫고 마음 연다

삼천 번을 절해야 한 번 돌아본다는
부처님 앞에, 진정한 모습으로
좌복이 흠뻑 젖도록 절 올렸다

내 마음 이 순간만은 무념무상(無念無想),
어찌 이렇게도 평화로운고
아! 여기가 극락인가…

팔공산 관봉 대불

삼동의 기온 봄날같이 포근한 날
오르막 돌계단 길 약사여래불 외는
걸음마다 힘 솟는다 팔공산 관봉에
오르니, 우뚝한 갓 바위 약사여래불,
정상에 정좌한 당당한 모습

반개한 두 눈엔 떠오르는 햇살 들어
안광이 일고, 입가엔 잔잔한 미소
여래불 앞에 서니 경건한 마음,
수많은 인파 무릎 꿇어 사뿐 사뿐
절 올리며 복을 빈다

그 속에 나그네도 자리 잡고 조용히
합장하며 절을 올린다. 원하는 것 아무것도
생각나지 않아, 그냥 정신없이
절만 올린다

여래의 위대한 힘 앞에 압도된 마음,
지나간 잘못들이 꼬리 물고
108배 절 올리며 번뇌(煩惱) 날린다

장독

영취산 서운암 한 편 뜰에
빼곡하게 차 있는 독들
수 없이 손길 닿아
윤기가 자르르 흐른다

둥실한 독 속에 바위틈에 솟는 샘물
받아 소금 녹이고, 솔 냄새 넣어 만든
메주 한 켜, 영취산 솔바람 한 켜
새소리 한 켜 넣고 담아, 곰삭은
향기가 온 산에 물씬 풍긴다

수만 인파의 물결 여기로 흘러와서
장독대 돌며 익어가는 신비로운 된장 향기에
반짝이는 눈빛 빛난다

그 물결 대웅전으로 흘러 좌복(坐服)이 흠뻑 젖도록
합장 기도 후 돌아갈 때는
장독 속에 무르익은 삶의 향기 가득
담아 들고 함박꽃웃음 띠고 간다

174

마애삼존불

그대는 어느 계곡 절벽의 바위였지만,
한 석공 바위에 갇힌 너의 생명 꺼내어
그대 혼 불어넣어서 생명 갖고 태어났다

보살로 태어난 그대는 삼존불로
비가 오나 눈이 오나 폭풍이 몰아쳐도
세인들 지은 중한 죄 모두 받아 안는다

긴 세월 고통 시름 삭이고 달래면서
누리에 번져가는 자비와 깊은 불심,
우러러 하늘 받들고 두 손 모아 한마음
민초들을 위한 삶의 기도 한평생 맹세한다

세월이 고달파도 오직 한 바람
천년 세월 중생 위해 몸과 맘 다 바친 외길
저 큰 바위가 하얀 미소 짓는다

어느 암자에 서서

오봉산 천평사에 어두움 드리우니
대웅전에 달빛 몰래 들어와서
나의 백팔 배(拜) 훔쳐보며 지킨다

알알이 일백 여덟 개의 나무 구슬,
좌복(坐服)을 흠뻑 적시는 번뇌 구슬
나의 욕망과 인내의 싸움으로
이 밤이 깊어간다

나의 기원으로, 나의 인욕으로 허망한 욕심
깨우침으로 지우고 또 지우며, 모두 지우고
비워서 채울 수 없는 우주가 되기까지
백팔 배, 또 백팔 배, 삼천 배…

제6부 바다와 자연 속에서

파도는 세월을 낳고,

내 마음은 물결 타고

고향 만리 달려간다

바다에 취하여

쨍쨍 내리는 땡볕 아래 첨벙 뛰어들어
파도 속으로 빨려들면
바다 위에 동동 떠도는 물새라네

파도 속으로 쫓고 쫓기면
시간은 저만치 달려가고
삶의 열기 씻은 듯 사라진다

빨간 나신 모래톱에 뒹굴면
한낱 모래덩이 바다와 물새와 어우러져
포근한 모래톱,
아늑한 보금자리…

여기 낭만과 꿈속에 젖어 들면
몸도 마음도 한참 젊어져
모래위에 소르르 눈 감고
먼 추억 조각조각 새긴다

마라도

아득한 물 가운데
돌아앉은 자투리땅 금모래
바다에 박혀있는 자국들
바다의 숨결이 흔적 없이 삼킨다

주인 모를 군상들이
애틋한 그리움으로 밀려온다
모래 위에 바위들은 물새 떼 불러놓고,
외로움 달래건만

파도는 세월을 낳고, 내 마음은 물결 타고
고향 만리 달려간다
우뚝 솟은 등댓불만
망망 바다 향해
깜박이는 눈빛으로
밤 새울 듯 빛난다

오동도 동백길

동백꽃 빨간 동백길,
막힐 듯 뻗어나며 열리고,
열릴 듯 뻗어나며 막히는
동백 길, 바위 벼랑 끝엔 파도 소리

용굴 지나가면 통나무 계단 길,
언덕 넘어서면 바위요 파도요,
지나가는 유람선

해맞이 바윗길은 울창한 대나무 숲,
지나가면 가만가만 숨결 소리,
연인들의 사랑길

해안 길 절벽엔
하얀 구슬이 기어오르고,
바닷바람 속엔 상큼한 미역 냄새

파도 속엔 소라 냄새 전복 냄새,
한 바퀴 돌아오면, 사람들의 얼굴엔
함박꽃 피어 동백꽃보다 곱다.

생명의 존엄성

수많은 얼음 조각 중 불면 넘어질 듯
간당대는 일엽편주(一葉片舟)에 생 걸고
아득한 바다 위에 표류하는 양 한 마리

그 위험 아는지 모르는지
죽음을 초월한 듯 해맑은 눈 살포시
내린 채 주위를 구경하며 평화롭다

사람 같으면 살려달라 하고
목이 메도록 울부짖기라고 하련만
한마디 외침도 없이 지극히 고요하다

군중들만 바닷가에서 발 동동 굴리는데
혜성처럼 억센 사나이 고무보트 타고
얼음 조각 헤치며 목숨 건다

우레 같은 박수 소리도
생사를 넘나드는 싸움에 숨죽이고,
흔들리는 조각배 위에선 풍덩 떨어지는 양…

용감한 사나이 번개처럼 양 건져 안고
살렸다고 환호하는 용사,
이젠 군중들도 조용히 기지개 켠다

밤바다에서

청년들아, 밤바다 모래톱에 누워 파도를 보라
여긴 월포해수욕장 칠흑 같은 밤바다에
먼 바다에서 힘차게 밀려오는 파도를 본다

밤바다의 파도가 모래톱에 와서 부서지는 것은
선조들이 백마 타고 활 쏘며 달리던 모습이다
그 속에 수천 년 전해오는 선조들의 얼이 뛰논다
이젠 그것은 범 같은 너희들의 모습이다

밤바다의 파도, 말 탄 장수가 불이 나게 달리고 나면
또 다른 말이 쏜살같이 달려 나온다
거긴 꺾이지 않는 조상들의 정신이
살아 숨 쉬고 있다

거긴 네 불굴의 도전과 기백이 있고,
이것은 선조들이 살아온 넋이다
그 속에 이제 너희들이 꺼지지 않는 불같은 모습으로
정진할 때다

네 젊음 갈고 닦아 무엇에 쓰랴
조국을 위하여 거룩하게 몸 바치자
비둘기같이 평화로운 국민들을 위해
네 몸과 마음 다 바쳐 일하자

세속 풍진에 너의 기백과 정열 꺼지려 하면
칠흑 같은 밤바다 모래톱에 누워서
밀려오는 파도를 보라
영원히 꺼지지 않는 네 불길 타리라

고독 孤獨

어느 섬마을 외딴 농막 옆 주변
이 숲으로 싸인 호숫가 초원에서
외롭게 서 있는 사슴 한 마리

눈은 호수, 뿔은 높은 이상,
사랑의 사자인 양 입은 굳게 다문 채
점잖은 너, 통 말이 없구나

빠질 듯 늘린 긴 목 높이 세운 채
족속 그리는 고독 씹으면서
벅찬 향수 한없이 삼킨다

그놈 물속 제 그림자 보자
눈빛 빛나면서 다가가다가
깨달은 듯 눈 돌리면서
먼 곳 하늘만 바라본다

겨울나무

나무가 옷을 벗고 있다
알몸으로 추운 겨울 산을 지킨다
몸이 얼어 굳어버리지만,
의연하게 살아가는 저 나무들

나무가 옷을 벗는 것은
죽음을 맞는 고통이지만,
나무는 가야 할 길을 알고
참고 견딘다

사람도 나무처럼 알몸 드러내야 산다
겉치레의 옷 다 벗어 던지고,
나무처럼 살아야
어두움 속에서 빛 찾아 행복하리라

가면의 탈을 벗고 병들고 썩은 가지 도려내야,
희망의 새싹 돋는다
사람은 욕심의 탈을 벗지 않고 버티다가,
칼바람 맞고 빛을 본다

주목 분재 앞에서

어느 섬에 있는
"저 분재 30억 주고 샀다." 하는데,
"지금은 50억이라." 하는 말에
두 눈이 동그란 구경꾼들, 입 딱 벌린다

분재의 예술적 가치는 마음에도 없는 듯
돈에 현혹된 그들 너 나 없이 사진촬영에만
정신없이 바쁘다

분재 선 자리는 한 평 남짓한 땅이건만
몸통엔 상처와 흉터, 만신창이(滿身瘡痍)로
붉어진 혹들, 팔다리는 꼬이고 꼬부라져
반신불수(半身不隨)…

분재, "내가 죽으면 50억 사라져요,
이젠 저에게도 자유를 주세요."

한 겨레의 자유 없는 암흑세계는
36년 피눈물 속,

저 분재는 속박의 틀 속에 갇혀 굳어진 몸,
눈물 속에 세월은 500년…

이젠 놓아주라 저 분재에게도 자유를 주라

대국 大菊

지인으로부터 선물 받은 국화 화분 하나
노랑 분홍 하얀 꽃 소담스러워
반세기 동안 해마다 새싹 내어 자식인 양 길렀네

해마다 가을 되면 정원 마당 뜰 옥상에
국화 화분 가득 차서 꽃피니,
눈 속에 하얀 대국 한 떨기,
그중에도 청초하고 아름다웠다

향기가 온 집안에 진동해도
그땐 삶이 복잡하고 고단하여
잊으려고 일 했으니,
예사로 보고 말았어요

세월 흘러서 이렇게도 가슴 깊이
사무치도록 그리워 할 줄은
그때는 미련하게도 미처 몰랐어요

꽃향기가 아무리 진동해도

꽃은 다 본래 그러히려니 하고
모른척, 무심하게 넘겼지요

지금에 와서야 그 꽃이 내 첫사랑
그녀임을 깨달으니, 아픔이 될 줄은
그때는 미처 알지 못 했어요

고사목에 핀 꽃

7월 담장 가 고사목 지주를 꼬아 감고
하늘 높이 기어오르는 요염한 자태가
전설 속에 얽혔던 요정 같은 너

사랑에 찔렸던 아픔의 상처가
치솟는 생명을 향하여 원망과 질투의 분노가
불길로 활 활 활 타오른다

어느 궁궐에 궁녀였던 너,
하룻밤 풋사랑 못 잊어 상사병으로 앓다가 죽었기에,
왕이 언제나 지나가는 별장 담장 가에 묻었다

그 자리에서 한 포기 꽃으로 환생한 너,
몸은 태울 듯 내리쬐는 불볕 태양을 이고,
담장 밖으로 고개 내미는 자태가,
구름을 헤치고 나오는 달이다

네 크고 작은 아픔의 멍들이
오랜 세월 향기로 곰삭아 이젠,

끝없는 그리움으로 피이나 타오르는 삼복 열기 속에서
지나가는 작은 발소리에도
담장 밖으로 붉그레 타는 나팔 귀를 세운다

나의 분신分身

너와 인연 깊은 지도
강산이 수차례 변하도록
세월 흐르도록 아기마냥 보살피며
자식같이 소중하게 길렀네

생기 어린 잎새 기쁨 가득 주고
짧고 굵은 몸통 마디마디마다
손결 묻은 내 정성 어리어서
나의 희망 꽃이 피었네

해마다 추석에 꽃 피면
눈 내릴 때까지 피어 집이 환하나,
올해는 철 지나도 고운 얼굴
볼 수가 없네

뜰에 단풍잎 빨갛게 익고
된서리 하얗게 내리던 날
노랑 분홍 하얀 꽃 활짝 웃으니
젊은 날 귀엽던 첫사랑 소녀여…

오늘은 흰 눈 하늘 땅 가득한데
눈 속에 설국(雪菊), 애처로워 애가 타건만
오상고절(傲霜孤節)의 네 예술의 극치(極致)을 본다

그대 앞에서

언제 바라보아도 미덥고 든든하다
환한 얼굴에 하얀 미소 지으면서
반갑게 맞아주는 그대는, 철썩철썩
노래하는 저 바닷물결

슬픈 사연들을 가득 쌓아 안고
아무리 쏟아놓아도 당신의 넉넉한 품으로
다 포용하며 묵묵히 바라볼 뿐,
흔적조차 남김없이 덮어준다

당신은 맘껏 속이 후련하게 토하라며
다가오는 내 어머니,
누구에겐가 증오와 원망으로 가득 차
뚝뚝 떨어지는 내 눈물까지도,
세찬 몸부림으로 감싸는 당신은
사랑의 사자여라

누구의 하소연이든 다 들어줄 뿐
바라는 것 하나 없는 그대는
오늘도 그대로 서서 바라보는
우주를 담은 항아리 같은

애상 哀想

한 잎 두 잎 지는 낙엽 속에서
그리운 눈빛으로 먼 산 바라보며,
동네 산기슭에 홀로 앉아 있다

고운 단풍잎 한 잎 한 잎 머리 위로
어깨로 손등으로 떨어져 뒹군다.
빨간 단풍잎 한 줌 손에 잡고 꽉 짜면
붉은 피가 주르르 흘러 나의 피눈물로 젖는다

회복할 수 없는 상처 안고
젊은 날 동경 속에 흘러가는 세월이 아쉬워
저무는 가을 속에 또 한 해의 연륜만 더한다

이젠 아름다운 한때도 못 잊을 그리움도
세월도 인생도 나도 지나고 나면
한 조각 구름이요, 한 줌 낙엽인 것을…

- 이재영 시인

· 서예 약력
· 대한민국 기로미술대전 초대작가(2015.6.15.) 서울
· 대한민국 향토문화미술대전 초대작가(2015.11.27.) 서울
· 대한민국기로미술대전 한석봉상(2016.5.31.)
· 국제종합예술대전 초대작가(2016.9.25.) 부산
· 국제기로미술대전 금상 대구시의회 의장상(2016.10.28.)
· 대한민국 향토문화미술대전(한·중·미국국제대전)대상
                                        (2017.10.31.)
· 제1회 대구향교 서예대전 입선(2018.5.29.)
· 대한민국 서예 미술대상전 초대작가(2018.5.31.)부산
· 대한민국 국제기로미술대전 제주도의회 의장 상(2019.3.)
· 제9, 26, 38회 대한민국미술대전(일명 국전) 입선(2019.7.3.)
· 대한민국 향토문화미술대전 성균관 관장 상(2019.9.26.)

· 문인화 약력
· 2018. 1. 22. 제21회영남미술대전 문인화 입선
· 2019. 8. 2. 대한민국 낙동미술대전 문인화특별상
· 2019. 12. 5. 제22회 대한민국 영남미술대전 장려상

| 작품 해설 |

원석原石에 가까운 삶의 편린片鱗들

민용태
(스페인왕립한림원 위원·고려대 명예 교수)

　이재영 시인의 첫 시집 〈깊은 산속 돌샘〉 출간을 축하한다.
인생이 모두가 시인 것은 아니다. 그러나 나름대로 신비
로운 시작이 있고 아픈 종말이 있는 것은 가장 시에 가깝다.
그것을 꼭 시로 닦아야 보석인 것은 아니다. 모두가 다 가는
절이어도 내가 간 느낌은 다르다. 그래서 그런 여행도 내 삶
이 묻어나는 시일 수 있다.

　때때로 인생의 석양이 가까우면 까치나 까마귀 읽으라고
삶의 비늘 껍질들을 모아놓고 싶은 생각이 있다. "나는 이렇
게 살았노라" 후손이나 후대, 뒤에 오는 사람들에게 들려주
고 싶다. 구태여 위대한 시인이 되어 노벨상을 타고 싶은 욕
심은 없다. 다만 할아버지가 손주에게 옛이야기를 들려주듯
나름대로의 할아버지의 사랑과 아픔 그리고 때 묻은 그리움
을 말하고 싶다. 이것이 이재영 시인의 이번 시집이다.

이 시인에게 시 쓰기는 별 줄기 같은 것.

> 누구도 대신해 줄 수 없는
> 이루지 못한 꿈
> 인생의 한계를 넘어
> 고요한 밤이 오면
> 캄캄한 어둠 속에
> 별이 되어 빛난다

그렇다. 사람마다 이루지 못한 꿈이 있다. 물론 아무도 대신해 줄 수 없다. 누구에게나 능력의 한계가 있다. 그 한계를 넘어 인생을 고요하게 생각해 보는 밤이 오면 아직도 눈감지 않은 옛꿈과 희망이 서럽도록 반짝인다. 이것이 인생이다….

살다 보면 잊히지 않는 별이 어디 한 둘인가. 여기 "당신의 눈빛"이 있다.

> 당신의 눈빛은
> 언제나 내 가슴에 별이 되어
> 떠오릅니다 그별은 내 가슴에
> 폭풍을 일으키고
> 숨통을 뚫었습니다
>
> 나는 당신 가슴에 반딧불 켜고

멈춰선 채 영원히 떠나지 못합니다

때로는 그대를 그리며 애태웠던 지난날들이 떠오른다. 사
랑은 늘 가슴 아픔이 먼저이다.

그대의 등만 쳐다보며
가슴 끓이고 뼈를 깎고
얼마나 기다려야 꽃망울 터질까

그러나 사랑은 이루기도 이별하기도 힘들다. 그렇게 간절
했던 사랑도 사람도 간다. 또다시 만나기 전에 그랬던 것처
럼 헤어진 뒤에는 그리움만 쌓인다.

이젠 어디서 무얼 하고 있을까
아직도 옛날같이 그 모습 고우실까
한 점 티끌도 없는 하얀 백합꽃
꽃이파리 끝없이 해일(海溢)에 밀려온다.

이런 안타까움과 기다림은 나무꾼과 선녀의 사랑과 같다.
이재영 시인의 시에는 우리 오랜 신화인 선녀와 나무꾼의
사랑의 꿈이 높은 자리를 차지한다.

호숫가에 갈대숲 바라보며 숨어 우는
바람 소리. 소리에 흔들리는 갈대의 속삭임

정다운 임의 밀어

그 바람 타고 선녀와 나무꾼
꿈을 따라 하늘 날아올라
푸르름 끝없이 맴돌다가
하얀 구름 속에 머리를 묻는다

　누군들 선녀와 나무꾼 같은 사랑을 꿈꾸지 않았으랴. 그
러나 구름을 바라보며 아직도 그런 하늘 사랑을 꿈꾸는 이
시인의 눈은 아직 소년이다. 동시 시인이기도 한 이재영 시
인의 시심은 늘 맑고 여리다.

호수 위에 있는 오리배 하나
저 배 타고 한없이 떠가는 선녀와 나무꾼,
하늘 날아올라 하얀 꽃구름 속에
깊이 잠들어 쉬고 싶어라

　그렇다. 이것이 이재영 시인의 철없는 소망이다. 철없다
는 것은 순수가 남아 있다는 말이다. 이 시인의 귀에는 봄이
오는 소리가 투명하게 들린다.

얼음 녹아 금 가는 소리에
개천가 버들강아지도 깜짝
놀라 눈 빤짝 뜬다

꽁꽁 언 땅 촉촉이 젖어
흙내음, 풀꽃 냄새에 사르르
스며드는 새봄의 향기

이 시의 섬세한 묘사는 이 시인의 시적 재능을 다시 한번
보여준다. "얼음 녹아 금 가는 소리"는 어린아이의 귀를 갖
지 못한 사람에게는 좀처럼 들리지 않는다. 그러나 이보다
더욱 멋진 시 표현은 "깜짝"이 "반짝"의 아주 적절한 의성 의
태어의 조화다. 소리가 비슷하지만, 뜻이 다르다. 그러면서
이 "깜짝"은 별이 반짝이듯 예쁘다. 물론 새봄의 버들강아지
도 별처럼 반짝반짝⋯
　두 번째 연도 "꽁꽁", "촉촉" 등 동음 반복이 동시에 가까
운 시취를 자아낸다. 이런 표현이 새봄이 풀꽃 향기를 묘사
하기에는 가장 좋은 것도 이 시는 안다. 그러나 어린 시절,
어른 시절 다 함께 보냈던 동생의 죽음은 이 시인에게 지울
수 없는 통한을 남긴다.

창밖에 전등불 밑, 무심한 밤 매미
먼 길 떠나는 동생의 영혼을 애도하듯
목 놓아 울어 댄다

사실 이재영 시인의 삶은 현대를 사는 우리 모두의 일상이
그렇듯이 그렇게 순조롭지만은 않았던 듯싶다. 월요일과 토
요일, 출근과 퇴근으로 이어지는 직장인의 삶은 고달프다.

축 처진 어깨가 동대구역 새벽 열차 타고
봉화를 지나니 내리던 비
하얀 꽃잎 되어 휘날립니다
솔솔 나무마다 새하얗게 꽃이 핍니다

꼬이기만 하던 내 삶의 길
오늘은 신기한 신기루 되어
남은 길을 환하게 비춥니다

이렇게 기적처럼 밝은 날이 "신기한 신기루" 같은 시 쓰는
날이다. 시를 쓰고 절에 가서 기도하고 마음을 닦는 일이 이
재영 시인의 오늘이다. 이 시인의 시는 늘 불심에 젖어있다.
"설악산 천불동"은

"쳐다보니 가물가물한 산봉 위
괴암 괴석 천 불상에
하얀 구름 몽기몽기 꽃이 핀다"

또 다른 곳에서는 큰 바위의 미소가 보인다.

세월이 고달파도 오직 한 바람
천년 세월 중생 위해 몸과 맘 다 바친 외길
저 큰 바위가 하얀 미소 짓는다

이 시인의 자연의 곳곳에서 부처님 말씀과 불심을 읽는다.

> 바위에 새겨진 무수한 자연무늬
> 불상이요 부처님 말씀,
> 산이 울리는 묵직한 염불,
> 해맑은 목탁 소리,
> 내 귀를 뚫고 마음 연다

시인은 버릇처럼, "깊은 산속 바위틈에 / 똬리 틀고 앉아/ 풍진 속 번뇌를 삭인 / 높고 높은 명상"에 잠긴다. 그래서 시인의 아명이 "돌샘"이듯 "깊은 산속 돌샘"이라는 시에는 자연이 곧 부처인 이재영 시인의 시학이 고스란히 숨 쉬고 있다.

> 깊숙한 바위틈이 찬바람 한없이
> 토한다 돌샘에 고인 물은 투명한
> 거울일레, 거울 속에 잠긴 얼굴
> 봉봉이 기암(奇巖)일레
>
> 그 속에 잠긴 마음 티 없이 깨끗하다
> 돌샘은 언제나 나의 이상(理想)
> 돌샘에는 내 마음이 비친다

근원이 장대하여 항상 넘치는
물 흘러가면, 새 물 되어 길손도 다람쥐도 마시고
목마른 자에게는 생명의 물

퐁퐁 솟아올라 돌돌돌 흘러넘쳐
언제나 새롭다. 티 없이 둥글둥글
내 남은 생(生) 그렇게 살아가리

"돌샘에 고인 물은 투명한 거울"이다. 흐리고 흔들리고 때 묻는 내 마음을 비춰볼 수 있는 거울. 거기에서 마음을 씻을 수 있는 물. 그러니까 거울은 나의 친구면서 나의 스승이다. 내가 살아가고 싶은 모습 그대로 비춰 주는 자연이라는 스승.

여기 마지막 연의 "퐁퐁 솟아올라 돌돌돌 흘러넘쳐 / 언제나 새롭다"는 표현은 동시처럼 맑고 좋다. "퐁퐁"과 "돌돌돌"이 "ㅗ" 소리의 반복으로 맑고 통통 튀는 상쾌함을 주기 때문이다. "돌돌돌"은 "둥글둥글" 흘러간다는 뜻인데도 돌샘의 물방울 방울방울 튀는 모습이 눈에 집힌다.

인생을 살면서 집 하나 남기는 것 시집 하나 남기는 것은 참 보람 있는 일이다. 그런 의미에서 이재영 시인의 이번 결실은 여러모로 좋다.

축하한다.

이재영 첫 시집
깊은 산속 돌샘

초판 인쇄 2020년 11월 23일
초판 발행 2020년 11월 27일

지은이 이재영
펴낸이 朴明淳
펴낸곳 문학시티

주　소 100-015 서울시 중구 창경궁로 1길 29 (3F)
전　화 02-2272-2549
이메일 munhakmedia@daum.net
제작공급처 정은출판

ISBN 978-89-91733-71-8 (03810)
값 10,000원